U0612082

麒麟传媒·尚書房 出品
www.qlpress.cn

生活·认知·成长
青春励志故事

操场边，那树合欢花

杨晓敏◎主编

地震出版社

图书在版编目（CIP）数据

操场边，那树合欢花：创意卷 / 杨晓敏主编. —北京：地震出版社，2013.1
（2016.6 重印）
（生活·认知·成长青春励志故事）
ISBN 978-7-5028-4146-1

Ⅰ. ①操…　Ⅱ. ①杨…　Ⅲ. ①小小说 – 小说集 – 中国 – 当代
Ⅳ. ①I247.8

中国版本图书馆 CIP 数据核字（2012）第 253189 号

地震版　XM2896

操场边，那树合欢花——创意卷

主　　编：杨晓敏
执行主编：马国兴　王彦艳
责任编辑：赵月华
责任校对：孔景宽　凌　樱

出版发行：地震出版社

北京民族学院南路 9 号　　　　　　邮编：100081
发行部：68423031　68467993　　　传真：88421706
门市部：68467991　　　　　　　　传真：68467991
总编室：68462709　68721982　　　传真：68455221
E-mail：seis@ mailbox. rol. cn. net
http：//www. dzpress. com. cn

经销：全国各地新华书店
印刷：北京一鑫印务有限公司

版（印）次：2013 年 1 月第一版　2016 年 6 月第二次印刷
开本：710×1000　1/16
字数：207 千字
印张：15
书号：ISBN 978-7-5028-4146-1/I（4827）
定价：28.00 元

序

杨晓敏

好书是具有生命力的。一本好书，我们拿在手上，揣在兜里，或者放在枕边，会感觉到它和我们的心一起跳动。在日常的学习生活中，我们每天都在用最经济的时间、精力和财力，收获着超值的知识、学问和智慧，于是我们自己，就在一天天地充实厚重起来。

优秀的短篇小说，就是这样的好书。它是顺应现代人繁忙生活而发展成的一种篇幅短小的小说。跟一般小说一样重视场景、个人形象、人物心理、叙事节奏。优秀的作者可写出转折虽少却意境深远，或转折虽多却清新动人的作品。

现在，许多优秀的作者舒展超感的心灵触觉，用生花的妙笔，把小小说从文学神坛上牵引下来，在我们广大读者面前，展现出一幅幅五颜六色的生活画卷，或曲折离奇，或险象环生，或嬉笑怒骂，或幽默诙谐。于是，阅读一本小小说，就成了繁忙生活的轻松点缀，紧张学习的有效调剂，抹平了你我微皱的眉头，漾起了会心一笑的嘴角。

我们精心编选的这套"生活·认知·成长青春励志故事"小小说丛书，每一辑都包含了"悟性""创意""想象""品味""风尚""情愫"六卷，并围绕这六个主题，选取当代国内知名作家的精品力作，

1

各自汇编成书，具有强劲的文学感染力。篇篇都耐人寻味，本本都精挑细选，既是青少年认识社会的窗口、丰富阅历的捷径，又堪称写作素材的宝典。作品遴选在注重情节奇巧跌宕，阅读效果峰回路转、柳暗花明的同时，注重价值取向，旨在引导青少年全面、客观地认识社会，开阔视野和胸怀，提高综合素质，进而确立正确的人生观、价值观。

在这套书里，我们推荐给青少年读者的是充满活力的大众文化形态的小小说佳品荟萃。所选择的作品，尽量体现质朴单纯，而质朴不是粗硬，单纯不是单薄；体现简洁明朗，而简洁不是简单，明朗不是直白。它们是理性思维与艺术趣味的有机融合，是人类智慧结晶的灵光闪烁，是春风化雨滋润心灵的真情倾诉，是鲜活知识枝头的摇曳多姿，是青少年读者嗅得着的缕缕墨香。

知识没有界线，可以人类共享，只要是具有优良质地的文化产品，都能互补、渗透、影响和给人以启迪。任何一粒精壮的知识种子，播撒在人们的心灵深处，都会开出艳丽的花朵，结成高尚的果实。

青年出版家尚振山先生以极大的热情，独到的眼光，精心策划了这一套"生活·认知·成长青春励志故事"丛书，我和同仁马国兴先生、王彦艳女士应邀参与编纂，当然也愿意大力推荐给广大青少年朋友们。

2012 年春

操场边，那树合欢花
contents 目录

一 只 鸟

○芦芙荭

　　每天清晨走进公园时，他总要在那位盲眼老头跟前徘徊好久好久。盲眼老人是遛鸟的，一手拄着拐杖，一手提着只精致的鸟笼，笼里养着一只他叫不上名的鸟儿。鸟儿好漂亮好漂亮，一身丰泽的羽毛油光水亮，一双乌黑的眼珠，顾盼流兮，滚珠般转动着。特别的是鸟儿的叫声，十分的悦耳。更重要的是，那只鸟有个令人怦然心动的名字——阿捷。每次，盲眼老人用父亲喊儿子般亲昵的口气"捷儿、捷儿"地叫着那鸟儿，教那鸟儿遛口时，他心里就像发生了强烈的地震一般，令他不安。

　　他受过很古板的教养。退休这么长时间，除了每早来这公园里溜溜达达外，不会下棋，不会玩牌。对侍弄花儿、草儿，养个什么狗儿、鸟儿的也几乎没有一点儿兴趣。但自从他见了那盲眼老头养的那只叫阿捷的鸟儿之后，他就从心底生出了一种欲望——无论如何也要得到这只鸟儿！

　　有了这种强烈的占有欲，之后的日子，他就千方百计地有意去接近那个盲眼老头。盲眼老头很友善，也很豁达。他几乎没有费什么力气，就和他成了很要好的朋友。他简直有点儿喜出望外。

　　盲眼老头孤苦伶仃一个人。每天早晨他便很准时地赶到公园去陪老头一块儿遛鸟。他把盲眼老头那只鸟看得比什么都贵重。隔个一天两天，他便去买很多很多的鸟食，送到老头家去。他和老头一边聊着天，一边看鸟儿吃着他带来的食物。常常就看得走了神，失了态。好在这一切，那盲眼老头是看不见的。

有一天，他终于有点儿按捺不住了。他对盲眼老头说，让盲眼老头开个价，他想买下那只鸟儿。尽管他说的话很诚恳，可盲眼老头听了他的话，先是吃了一惊，继而摇了摇头："这只鸟儿，怎么我也不会卖的。"

"我会给你掏大价的。"他有些急了，"万儿八千的，你说多少，我掏多少，绝不还价。"

"你若真的喜欢这种鸟儿的话，我可以托人帮你买一只。"盲眼老头说。盲眼老头的态度也极为诚恳。

"我只要你这只！"

可是，不管他好说歹说，盲眼老头就是不卖。他打定不到黄河不死心的主意，又去和老头交谈了几次。老头仍是那句话："不卖！"这使他很失望。一次次失望，他就感觉到自己的心像堵了一块什么东西似的。他就病了。他心里明白自己是因为什么病的。儿孙们又是要他吃药，又是要他住院。他理也懒得理。

几天以后，那位盲眼老头才得知他病了。而且知道病因就出在自己的这只鸟儿身上。老头虽然舍不得这只鸟儿，还是忍痛割爱提了鸟笼拄着拐杖来看他。

"老弟，既然你喜欢这只鸟儿，这就将它送给你吧。"

躺在床上的他，看到提鸟笼的盲眼老头，听了这话，激动得差点掉下泪来。病也当下轻了许多。他一把握住老头拄着拐杖的手，久久地不丢。

"老弟，其实这并非什么名贵的鸟儿。它不过是一只极普通的鸟儿。我买回它时，仅花了十多元钱。不过，这么多年……"

"老兄，你别说了。我想要这只鸟儿，并没有将它看成什么名贵的鸟儿。"

几天后，盲眼老头又拄着拐杖去看他，也是去看那只鸟儿。可是，盲眼老头进屋时，却没有听到鸟叫声。盲眼老头忍不住了，问："鸟儿呢?

阿捷呢?"许久许久,他才说:"我把鸟儿放了。"他没敢正眼去看盲眼老头。可是他能想象得出盲眼老头听了这话时那种满脸诧异的样子。

"什么? 你把鸟儿放了? 你怎么可以放了阿捷呢?"果然,盲眼老头说话的声音变得异常激动。

"是的,老兄。我把鸟儿放了。你不知道,我这一生判了几十年的案子。每个案子不论犯法的是平民百姓还是达官贵人,我都觉得自己是以理待人,判得问心无愧。现在细细回想,这一生,唯一判错的,只有一个案子。当我发现了事实真相后,未来得及重新改判,他就病死在了牢狱里。我现在已退下来了。这事也没有任何人知道。可自见了你提的鸟笼和笼中那只叫阿捷的鸟儿后,我的灵魂就再也不能安宁了。老兄,我错判的那个青年也叫阿捷呀!"他说着说着已是泪水扑面而下。他发现盲眼老头听了这话,竟然变得木木呆呆的样子,那双凹下去的眼也有泪水流了出来。但他始终没有说一句话。

几年后,盲眼老头先他而去了。他作为盲眼老头的挚友,拖着年迈的身体亲手为盲眼老头操办后事。办完后事,在为盲眼老头整理遗物时,他从盲眼老头的一个笔记本里发现了一张照片。照片上是一个身强力壮的后生。他看了照片一眼,又看了照片一眼。他真不敢相信照片上这个年轻的后生,与他记忆中的阿捷竟然是那样的相像。他不知道,照片上的后生真的就是那个阿捷呢,还是一种偶然的巧合!

马步枪

○蔡　楠

　　我在邸志科的怀里睡了半夜，我的身子被他焐得暖暖的。他醒来后第一反应就是摸我。见我还在，他长舒了一口气，拍拍落满灰尘的额头，埋怨着自己，我怎么就睡过去了呢？我怎么就睡过去了呢？部队呢？部队呢？

　　部队走了。你也不是睡过去的，你是摔晕过去的。昨晚，你所在的晋察冀军区第 9 军分区 24 团在白洋淀千里堤上夜行军，与日军打了个遭遇战。打了一会儿，主力安全转移，连长命令撤退。你跟着大家猫腰向前跑去，漆黑中，你一脚踩空，就滚到千里堤下，头碰到树上，就晕过去了。我没办法，看着大部队哗啦啦一下就撤没影儿了也没办法。我喊不醒你，也摇不醒你。我只能在你紧抱着我的怀里陪着你。你不知道吗？

　　我是一支马步枪。我跟随邸志科快一年了。从他参加八路军的那一天就跟着他，现在还跟着他，可是我们就在一个春夜，却把部队给跟丢了。

　　邸志科想明白这一切的时候，就抓起我疯了一样沿着千里堤向西南方向跑去。千里堤到了尽头，大路灰蒙蒙就在眼前，可是，部队呢？

　　我和邸志科就是在这种背景下来到雁翎队的。他对雁翎队长郑勇说，我是暂时的，我的部队有了消息后，我还是要回 24 团！郑勇笑着说，在哪里都是打鬼子——我还怕你在白洋淀待馋了不走了呢！

　　切！我差点替邸志科反驳郑勇。你看你们那大抬杆、土炮和火枪，怎能和我这体积小、射程远的马步枪比？你再看你们土拉巴唧的打扮，一看就是渔民，怎能和我们正规部队雄赳赳气昂昂的样子比？

可邸志科堵住了我的枪管堵住了我的嘴，他说，走，我肯定要走，但在雁翎队干，我就要干好！

邸志科是这样说的，也是这样做的。他主动担任起了雁翎队的教员，带着我教雁翎队员出操、训练、射击、学习。教练完了，他就和大家一起吃藕块、嚼苇根、睡船板。晚上淀风劲吹，他就抱一堆苇子盖上，还不忘把我搂在怀里。我知道，他怕我着凉。天冷睡不着的时候，他就编歌给大家唱：东边"扫荡"西边转，岸上不行蹲苇塘。驾着船儿快如梭，鬼子汽船追不上。急得鬼子团团转，我们又回老地方。瞅准机会打埋伏，揍他一个冷不防……

唱着唱着，他就真唱来了一次打埋伏。县城的鬼子要到赵北口扫荡，区委指示雁翎队截住敌人。邸志科就唱得更欢了：瞅准机会打埋伏，揍他一个冷不防……郑队长拍着邸志科的肩膀说，就听你的，打个埋伏，揍他一个冷不防。不过有一点，咱埋伏的时候，你可千万别唱了！邸志科把我端在手里，瞄准苇尖儿上跳来蹦去的一只红嘴水鸟，眯缝着眼睛说，是，队长，我不唱，我让我的马步枪唱还不行吗？

我和邸志科的心情一样。我也非常渴望歌唱了。在八路军的队伍里，我经常歌唱，有时候唱得枪管都红了。可来雁翎队这么长时间了，还没机会一展歌喉呢。我可不愿意做一支哑巴的马步枪。

夏天的白洋淀，芦苇茂密，荷叶田田。鸟儿与鱼儿在水面嬉戏。谁也不愿意在这时候看见小鬼子的汽艇。可偏偏汽艇就开来了，哒哒哒放着响屁、冒着黑烟开来了。汽艇上有几十个鬼子，黄虎虎的像蝗虫。好吧，你们来吧，来了我们就不让你回去！郑勇这样说，邸志科这样说，我这样说，芦苇、荷叶也这样说。我看见，芦苇里伸出来大抬杆，荷叶变成了雁翎队员的头。郑勇说了一声打，我就率先在邸志科的手里歌唱了，我的歌声变成了子弹，砰的一下就射穿了舵手的头颅，横冲直撞的汽艇一下子就扎进了苇丛。紧接着，20多条大抬杆同时吼叫起来，火药铁砂把黄虎虎的蝗虫都炸成了黑虫。

这是我歌唱得最响亮的一次，也是最短暂的一次。我和邸志科见识了大抬杆的威力。当鬼子的援兵到来的时候，我已经看见雁翎队躲进了茫茫大淀。

邸志科安心留了下来。我就跟着他打鬼子，端炮楼，杀汉奸，在白洋淀一干就是三年。他当上了雁翎队三排排长。邸志科的歌唱一直没有停歇，我的歌唱也一直没有停歇。但我知道，我的喉咙有些沙哑了，并且我还知道我的身体开始老化。尤其是撞针，已经变形，再不更换就要出问题了。可我没法告诉邸志科。我只有尽力而为，依然卖力撞击着子弹。

终于，我的撞针折断了！而且折断的很不是时候。那次，雁翎队在王家寨横埝苇塘痛打敌人包运船，邸志科负责敲掉船上敌人的重机枪手。枪弹上膛，我和邸志科已热血沸腾。他一扣扳机，我奋力冲刺，咔，撞针断了，我的嗓子终于哑了下来！我被邸志科狠狠地扔进水里。隔着淀水，我看见他从脖兜里掏出一颗手榴弹，刚要拉弦，一颗子弹长了眼睛一样破空而来，击中了他的头颅……邸志科慢慢倒进荷花丛中，我也慢慢沉入大淀深处。

买　刀

○陈　敏

　　天空和森林灰蒙蒙的，像画家名作画成之前画布上的底色。

　　聂茂情绪低落，但他还是选择了今晚动手。

　　没有明确的意图，没有动机，他只是在金钱疯狂的驱使下才找到了这个公寓的门。

　　聂茂把公寓的门敲了三下，敲门声不大，连他自己都不敢相信今晚的底气怎么这么不足。以前他可没有这么斯文，往往是瞅准目标，三脚就把门踹开了。聂茂一只手握着刀，另一只手叉在裤兜里，他知道只要能轻松地得到他要的东西，他就不会动用它。在这一点上，他一直认为自己是个善良的人。

　　聂茂静静地等着，他的半个身子隐藏在黑暗里，他想先察看里面的动静，尽管他知道这个公寓里住着一个女人，他对她观察已经多时了。

　　门开了，果然是一个女人。一股清香的热气扑向聂茂的鼻子和面颊。他竟然后退了一步。一张圆圆的、微笑着的脸伸到了他面前。说实在的，这张脸平平常常的，一点特别的地方都没有，但却泛着最柔和最美丽的光。

　　屋子里暖融融的，客厅里放着一个很大的画桌，桌子边坐着六个孩子，他们在画画。聂茂瞅着孩子，孩子们也都仰起脑袋瞅聂茂，聂茂突然眉毛一拧，脸迅速地拉成了一块铁板。他恶狠狠地瞪了孩子们一眼，并用同样的目光盯着这个为他开门的微笑着的女人。

女人灵机一动，又笑了一下说："孩子们，这位叔叔可真会开玩笑，他是来给我们推销刀的，我正需要一把刀给你们削画笔呢！快进来吧，外面冷，进来暖和暖和吧，我给你倒杯茶！"她一边说一边让聂茂进屋。

孩子们咯咯地笑，声音悦耳而清脆，像琴弦伴奏时发出的声音。

屋子里的光温暖柔和，聂茂闻到了他一生都没有闻到的气息，那气息软化了眼前的一切——脸、声音，甚至思想。

毒瘾像一条蛇一样，把他的心缠得死死的，毒友们嫌他弄不来钱，硬是把他往死里打。多少次，他泪流满面，下决心停止干这种见不得光的勾当，但恶习难除，一到关键处，又故态复萌。

此时，聂茂脑袋空空的，着了魔一般地站在那里。

女人把一杯茶放在茶几上。茶杯冒着一缕缕白色的雾气。聂茂带杀气的脸渐渐腼腆了起来。他结结巴巴地说："呃，我不是来推销刀的，噢，不过，呃，如果你们需要，我可以把它留下来……"

女人赶紧说："好的，好的，非常感谢你，你真是太善良了，你很像我过去的一位邻居，他也是卖刀的，还经常用他的刀给我削画笔呢。哦，请喝杯茶吧……"

女人又把茶递了上来。聂茂说："谢谢，不用了，真的！"

女人就这样"买"下了聂茂手中那把明晃晃的刀，她给他了 100 元，并请他一定收下。

聂茂拿过钱，转身正要离开，却又突然迟疑了下来，他转过身，把钱放回了茶几。

聂茂向女人深深地鞠了一躬，转身飞快地离去了。

独角戏

○孙春平

  省内各市的文联主席们常在一起开会，商讨繁荣文学艺术的发展大计。商讨来商讨去的结果，大家便在加强东西方艺术交流上取得了共识。人家别的行业屡次三番地出国考察，我们总守着这一亩三分地里咋行？也应该组团出去看一看，开阔视野与思路嘛。

  一纸邀请函很快寄到了各位主席的手上，名头不小，是东西方艺术基金会邀请各位专家赴欧洲考察，日程半月，每人两万元。对小门小户来说，这笔钱不少，可对相当一级的领导，又是如此重要的活动，就不过是大笔一挥或略施小计的事了。一天早晨，一块老大的馅饼突然从天而降，正落在我的头上。总经理对我说，有个出国的机会，你跟出去长长见识，经费我已经拨过去了。我又惊又喜，可过后细细一想，一切倒也顺理成章。我们市的文联主席跟总经理是一起下过乡的铁哥们，主席找他赞助出国费用，若凭空划去几万元钱，公司里难免有人说三道四，但把支出落到我的名上，便顺理成章了。至于总经理为什么偏偏想到我，原因是去年他女儿高考，志愿没报好，差点落榜，是我找人帮他解了难，他这是在还我的这份人情。

  土包子头一次走出国门，可了不得，除了照相机，我还借了一台摄像机。所以在国外期间，每到一地，下了旅游车，我便急着摄，忙着照，可回到宾馆放出来看，又觉很怅然。凡我摄下的风光电视上差不多都播过，而且比我摄的精美百倍。如此这般跑了十几天，眼看快到了打马回山的日子。登巴黎大铁塔，欣赏卢浮宫的艺术珍品，荡波莱茵河，惊叹意大利的城市雕塑，这些虽说也可与艺术交流贴边，但总觉有公费旅游之嫌，我们这次活动似乎还应该有一项独具特色的内容，回到国内才觉仗义。到了德国最后一站时，大家便把这意见恳切地提给了导游。鲍小姐点头应允，好，我来安排一次与西方艺术家的座谈会。不过，西方人的时间观念很强，记者想采访都得按时间付费。各位每人交 50 美元，作为请艺术家和租用会客室的经费，时间为两小时，好不好？大家连声应诺，OK。

鲍小姐原是浙江人，当导游，又兼着我们的翻译，这半月最辛苦的就是她了。仅隔一天，她就在我们下榻的宾馆安排了那次座谈会。会前，她还买了大红纸，请擅长书法的主席写了条幅，是汉德两种文字的"东西方艺术交流研讨会"，德文是鲍小姐提供的，书法大师也照葫芦画瓢地写在横幅上了。会前，主席们嘱咐我，尽量将研讨情况摄全。难得有这么一次机会，我理解，绝对理解。

鲍小姐一共请来三位艺术家，两男一女，碧眼高鼻，那女士的金发极漂亮，一位男士很胖大，另一位亮着光光的头顶，气度都不同凡响。听鲍小姐介绍，一位是作家，一位是画家，还有一位搞流行音乐。彼此热情相拥相握，研讨会就严肃而热烈地开始了。还是鲍小姐当翻译，她除了一口流利的中国话，德、法、英语也无所不通。主席们问了西方当下流行的文艺观念、西方国家对艺术人才培养和管理之类的问题，三位洋艺术家都侃侃地谈了；洋艺术家也问了我们一些问题，内行看门道，外行看热闹，人家一张口，便知对我们华夏艺术颇有研究，比如问了《红楼梦》《三国演义》等几部古典名著对中国现当代文学的影响，又问了曾经最可能荣获诺贝尔文学奖的老舍先生在中国文坛的地位，等等。文联主席们争先恐后地发言，陡涨起语不惊人死不休的热情。

闪光灯不断闪烁，两个小时的交流很快结束。大家很兴奋，都说这样一来，考察活动就功德圆满，再无缺憾了。有人再三叮嘱我，回去一定要给我拷下一份带子呀，费用自理，不会让你背包袱的！

大家如此重托，我自然不敢懈怠。回国后，我立刻对那次研讨盛况的录像带整理复制。面对洋艺术家和鲍小姐神采飞扬的谈说，我突然生出一个大不恭的猜想，也不知这位鲍女士的德语水平是否真的精湛，她翻译的准不准确呀？带了这个猜测，我便拿了带子去请教公司里一个懂德语的工程师。那工程师在电视机前只坐片刻，突然仰面大笑，说这是什么和什么呀，人家大鼻子问中国菜在讲究色香味的同时，是如何避免在食品加工过程中杜绝营养流失或减少流失的？又问中国的几大菜系的特色。翻译先对你们说三国说老舍，扭过脸又把你们的发言翻译成中国菜的色香味，整个一个烹饪与艺术的大杂烩嘛！我一时怔懵，说你瞎说吧？工程师笑说，我德语水平不高，可这几句话还听得明白，若有半句玩笑，我立马爬出去行不行？

我直了眼，傻了，半天说不出话。原来鲍女士请来的是宾馆里的几位厨师，她知道我们双方都不懂对方的语言，便自编自导了这么一出让人哭笑不得的喜剧小品，自己左右逢源地演了一出独角戏，却让我们这些傻包子都成了为她配戏的玩偶。可人家洋人不白出场，白得了两个小时的劳务费，我们这些掏钱的又成了什么呢？

再细想想，我们也没白忙活，文联主席们起码都有了坐在大红横幅下和洋人交谈的照片，作为向领导汇报和向身边人炫耀的资本，再登登报纸杂志什么的，已是足够。他们所需的不就是这个吗？既如此，我还需复制录像带给他们吗？而且，多一个明白人看到这种东西，便多了一份暴露我们的尴尬与可笑的风险。我才疏学浅，缺少见识，对这事，真的拿不准主意啦！

联　想

○刘建超

你以为开个买卖就那么容易，租间门面就能赚钱？那还不满大街都是百万富翁？父亲对儿子的建议摇头。

儿子不服气：商海流传一句话，富得快，搞专卖。开个专卖店，进货厂家打大折，卖出咱打的是小折。能不赚？

父亲很成熟地笑了：商海流传的话，连你都知道了，恐怕连小学生都知道了。现在专卖店流行的是垮得快，搞专卖，赚5毛，赔1块。

儿子没主意了：那你说，咱干点啥？

父亲的笑显得老道了：不管干点啥，都要事先考虑周全。要从一种现象看到另一种现象，从一个层面推断到另一个层面。要由此到彼，由表及里，运筹帷幄方能决胜千里。

儿子一头雾水：爸，你能不能说清楚点儿？

父亲拍着儿子的肩：给你举个例子。上个世纪20年代，美国佬兴起了淘金热，成千上万的人涌到美国西部淘金。有一对夫妇也加入了去淘金的行列，在寻找金矿的途中，夫妇俩发现当地缺水，就引来一条小溪卖水。结果不管淘到金还是要淘金的都离不开水，夫妇俩很快就发了，成了富翁。

儿子点点头：明白了，爸，咱卖纯净水。

父亲的手落在儿子的头上：你个木脑子，我再给你说个例子。有个人想做生意。做什么好呢？他看到当地阴天多雨，就想到，雨多，用伞的人就多；用伞的人多了，伞坏的就多了；伞坏的多了，需要修伞的就多了。可当地没有修伞的工匠，他就外出拜师学会了修伞，结果就赚了大钱。

儿子说：爸，我懂了。做事前，要先联想联想。爸，你说，咱从哪儿联想？

父亲踌躇满志：当然离不开老百姓的衣食住行。

儿子：卖衣服肯定是不行了。搞房屋开发，咱也没那资本啊。卖车？咱还蹬着三轮拉人带货呢。开饭店？

父亲：衣服是张皮，没有孬好，不露肉就行；房子遮风寒，没大的住小的也中；车子是高消费，没几个人能玩得起，还是挤公交车的多。老百姓没有好衣服穿，中，没有好房子住，中，没有车坐，中，没有饭吃，中不中？

儿子：不中！人是铁，饭是钢，一顿不吃饿得慌。爸，你说咱开饭店？

父亲捋着下巴上的几根稀疏的胡子：你数数就咱这条街上开了几家饭店？

儿子歪着头认真想想：不下十来家。

父亲瞥了儿子一眼：那还轮到你赚钱？

儿子迷糊了：那你的意思是啥意思嘛？

父亲：你要在开饭店的路上再联想联想啊。

儿子愁眉苦脸：爸，我要是有那么多的联想，我早就考上大学了。

父亲恨铁不成钢的无奈：我怎么生了你这么个没用的东西。你想想，都是啥人到饭店吃饭的多？

儿子兴奋了：多了，结婚生子，满月祝寿，晋升考学，搬家调动，求人办事，谈生意都得请客。

父亲脸上有了笑容：请客吃饭，有三多，知道不？点菜多，喝酒多，剩得多。你说每天饭店倒掉最多的东西是什么?

儿子:泔水啊,成缸成缸地倒啊。

父亲捋着胡子不说话,沉思。

儿子:爸,你是说,咱,卖——泔水?

父亲脸怒:狗屁!人家饭店凭什么把泔水都卖给你?

儿子耷拉着脑袋不吭声。

父亲又耐着性子启发:饭店那么多的泔水都干吗用了?

儿子:那还用问,拉到农村喂猪了呗。爸,你是说,咱也办个养猪场?

父亲不屑地看着儿子:是你能吃得了那脏累苦还是你爸我能吃那脏累苦?你再联想联想,吃了那么好的泔水的猪会怎么?

儿子:那还用说,长得壮呗!

父亲:猪长壮了怎么办?

儿子:杀了卖啊。

父亲:卖给谁?

儿子:城市居民,宾馆饭店。

父亲:现在买肉的人都希望买啥样的肉?

儿子:那还用说,瘦肉呗。

父亲:可吃了泔水的猪只能长膘,能长瘦肉吗?

儿子:那怎么办?也不能控制猪不长膘啊。

父亲:笨瓜!可以让猪多长瘦肉不就是咱应该做的买卖吗?

儿子:对啊,爸,听说猪吃了一种叫瘦肉精的东西,光长瘦肉不长膘啊。咱做瘦肉精的买卖,投资不大见效快啊,做好了一年就发了啊。

父亲满意地笑了:知识就是财富啊,没有知识,不会联想,怎么能办成事业?

父子俩开始筹划做起了瘦肉精生意,很快就有了一笔小收入。父子俩又扩大经营地盘，准备大干一场时，买卖被工商局查封。瘦肉精喂出的猪有毒，吃出了人命，父子俩一同进了拘留所。

父亲对儿子说：都怪咱联想得还不到位啊，咋就没想到卖瘦肉精犯法坐监呢？

儿子：爸，当时咱不是光在钱眼里联想了，没工夫往外联想联想嘛。

父亲大彻大悟：如此说来，怎么联想咱也躲不过这一劫啊。

告诉你善良的价格

○闵凡利

这是一个听来的故事。

说的是在一个暴风骤雨的夜晚，有一对老年夫妇来到了泰山脚下一个叫宾归的旅馆。两位老人要求住宿。当时值班的是一位年轻后生。后生很抱歉地对老人说，两位老人家，真对不起，我们这儿今天客满，没有一个空房间了。两位老人的脸上就写满了遗憾和失望。看到老人一身的疲惫和狼狈，后生又看看外面的风雨。外面的风雨正以雄壮的豪情挥洒着自己的疯狂。后生很是不安。他对两位老人说，今晚我值班，两位老人家如若不嫌弃，就到我宿舍里将就一晚吧。两位老人就住进了后生的宿舍。第二天，两位老人要给后生付住宿费。后生说，老人家，我没能让你们住上舒适的地方，心里就很过意不去了，怎能再收你们的钱呢？后生说啥也没收。两位老人也没再推辞。只是牢牢记住了这后生的名字和这家旅馆。

事情过去就过去了。后生还是在这家旅馆里当服务员。两年后，后生突然收到了一封信。像天上掉下了一个馅饼，让后生到省城里的一家大宾馆里当总经理。原来那一对老年夫妇拥有着几千万元的资产，可老人膝下无儿无女。那次外出就是去寻找他们财产的继承人。自从在雨夜遇到了后生，两位老人就商定后生是最合适的人选，就拿出了自己的全部财产修建了这家大宾馆。后生就推辞，说自己不行，说我当个小服务员还行，当经理是不行的。老人说你行的，你一定行的。后生问老人为什么对自己这么肯定？老人说，因为你心地善良。善良无敌啊！

当我把这个故事讲给朋友们时，他们都嘲笑我，说那是哄小孩子的故事，你还信以为真。他们问我，你说说，善良值多少钱一斤？我答不上来。他们就开导我，什么时代了，你还搬着老皇历看。现在这社会，不管黑猫白猫，只要捉住老鼠的就是好猫。我说，无论如何，人是不能丢下善良的，那是我们做人的根本啊！他们都笑了。他们的笑让我对自己产生了怀疑，我是不是太迂腐了？是不是太另类了？

我和老婆说了这事。老婆说，你知道咱们家为什么这么穷吗？你为什么经常挨人家的欺负？我摇了摇头。老婆说，要说你的人品和能力，比别人差也差不到哪里去。可你有一个致命的弱点，就是你善良啊！是善良让你变得单纯，变得软弱，变得人们不怕你，所以谁都敢对你指手画脚啊！

我不赞成老婆的话。我又把"天上掉馅饼"的故事讲给了老婆。老婆听了说，这样的事太少了。我说，如果我们人人都善良了，这样的事就多了。

第二天，我和老婆都外出，可巧那天，我和老婆都做了一件善良的事。老婆做的是把一个被人用车撞昏的女孩送进了医院；我呢，帮一位进城的老人找到了他的儿子。老婆回到家可气坏了。我问为什么。老婆说，怪不得人们说好心没好报，我把那个女孩送到医院，她家里来人了，硬说是我撞的。我说我不是。他们不信。说我要是没撞，怎会那么好心？没办法，我只好给交了医药费。老婆说，如果女孩醒来再说是我撞的，那我可是跳进黄河也洗不清了。我说今天我的运气比你好。帮老人找到他儿子后，我急着往车站赶，没想到我的包掉了，正当我在汽车站着急的时候，就听车站的广播在播失物招领。车站的负责人告诉我，我的书包是一个青年人拾到的。交到他们车站后，也没留名姓就走了。我说如果那个青年人不善良，我的书包就回不到我的身边了。你知道我书包里有多少现金吗？老婆问多少？我说光现金就有6400，还有3万多的支票。就在这时，我家的门被敲响了，是老婆救的那个女孩的父母来感谢的。他们一进家就说真对不起，我们把恩人当成了仇人，我们真该死。为示感激之情，还专门买来了礼品什么的，并给了老婆替垫的医疗费。女孩伤好了以后，非得认我老婆做干娘。说她的第二次生命是我老婆给予的。我说我们的岁数才三十多一点儿，太年轻了，不行的。女孩家里的说啥不愿意，女孩就跪在我们的跟前，不认不起来，没办法，最后只好认下了。

　　是善良让我们又添了个女儿。每当谁要再问我善良值多少钱时，我总是理直气壮地告诉他，善良无价。因为，它是爱啊！

炸三角

○聂鑫森

北兴京剧团从燕赵之地应邀来到湖南古城湘潭，第一晚的戏码是《连环套》。担纲主演的是40岁出头的名花脸钟离宏，他扮演的绿林好汉窦尔敦，体量高大，勾脸漂亮，做工、唱工无懈可击。特别是他的唱腔，既清亮又厚实，鼻音用得恰到好处。看戏的几乎都疯狂了，叫好声此起彼伏。待全剧结束，演员不得不谢幕三次。

在后台卸装时，钟离宏兴奋得大叫了三声"哇呀呀"，然后说："今晚，我请大伙儿吃炸三角。"

有人说："不是公家有消夜款待吗？"

"今晚大伙儿卖力气了，我这当团长的理应请客！出剧院不远，有家北方人开的店，那里的炸三角我尝过，绝！"

北兴京剧团是昨天下午来到湘潭的。今早，钟离宏不想在宾馆用早餐，他想找点儿小吃尝尝。按程序，上午九点去平政路的田汉大剧院走台，熟悉一下环境，今晚得粉墨登场。宾馆离平政路并不远，消消停停，几步路就到了。猛地一抬眼，"北地炸三角店"的招牌劈面而来，随即便闻到诱人的香味。

在北京演出时，他去过"都一处"老牌名店，那里的炸三角让他流连忘返。馅用鲜瘦肉末拌上高汤，凝成冻后切成小块，叫"卤馅"；用干面皮包上馅捏成三角状，入油煎熟，馅受热而变软，用嘴一咬，一股浓汁冲出，各种美味纷沓而来，妙不可言。

钟离宏兴致勃勃地走进小店。店堂宽敞干净，摆着六张桌子。墙上挂着几幅装框的花鸟写意画，笔墨功夫都还过得去，有一股雅气。但顾客稀少，只有三四个人。

听见脚步声，从后堂走出一个 50 来岁的中年人，光头阔脸，浓眉大眼，挺精神的样子。

"客人，请坐！"

"我是闻香而来。请来一盘炸三角——是十只一盘吗？"

"是。"

"听口音，老板是从北方来？请问尊姓大名？"

"敝人叫呼延远，炸三角是家传的手艺。儿子、儿媳大学毕业到这里来工作，我和老伴也就跟来了。小店才开张个把月。"

"恕我直言，人气不太旺啊。"

"是。古城人还不熟悉这种小吃。听口音，先生也是从北方来？您的口音还有道白的韵味，大概是个角儿。"

钟离宏笑着点点头，然后说："凭老板的这股精明劲，炸三角差不到哪里去。请快点儿上！"

"好嘞——"

不一会儿，一盘炸三角便端上了桌子。炸三角捏得棱角分明，有型；炸得火候正好，油黄泛亮，有色。

钟离宏用筷子夹起来一咬，芬芳满口，有馅味、汤香。再细品，瘦肉末又鲜又嫩，还加了香菇末、香菜末、姜丝、蒜末；汤是排骨文火熬制的，又稠又香，但不腻。

吃完一个炸三角，钟离宏蓦地站起来，以手指扣桌，字正腔圆地用京白喊了一声："哇呀呀，绝品、妙品、上品哪！"

呼延远站在一边听着，突然也喊了一句："您应是名净钟离宏老板，我有不少您的光碟，常听哩——小店今天真是有幸了！"

"想不到他乡遇知音，而且我们都是复姓，有缘啊。呼延老板，我请你帮个忙，今晚演出后，我领着全团人马到贵店吃炸三角，麻烦您好好准备一下，好吗？"

"这是您的抬举，我们一定效劳！"

…………

卸完装，清理好后台，京剧团浩浩荡荡几十号人，来到了"北地炸三角店"。

店的大门上方居然挂起了一排红灯笼，里面安上了电灯，红晕柔柔地散发开去。每个灯笼上写着一个很端庄的楷书金字，连着念是一句话：欢迎梨园名角品尝炸三角。

钟离宏记起来了，白天看店里的国画时，落款是"呼延卓"，那应是呼延远的儿子。这小两口准是搞美术行当的，灯笼和字也应出自他们的构想——只有年轻人才张罗得出这种欢迎的场面。

店堂里依旧是六张桌子，但店门外的人行道上，还特意加了六张桌子，"六六大顺"，吉利啊。

人们热热闹闹地入了席。许多在剧场搞报道的新闻记者也来了，照相机、摄像机在桌子与桌子之间游走。

呼延远特意把钟离宏领到厅堂里最前面的一张桌子边坐下。呼延远和老伴，还有前来帮忙的儿子、儿媳，把一盘盘炸三角摆上了桌子，还特意备上了啤酒、香茶。

店里店外，香气馥郁。在筷、碟碰撞声和品嚼声中，叫好声不时响起，如同剧院里观众看到精彩处的激情洋溢。

记者们忙着拍照、摄像、采访。

钟离宏吃得高兴了，突然站起来，说："我们今晚首场演出成功，首先要感谢古城观众的捧场。演出结束后，还要感谢呼延老板精美的炸三角，让我们一饱口福。它不但有纯正的北方品味，还兼容了本地的饮食风味，好得很啊。为了表达我们对呼延老板的谢意，我即兴为他清唱一段。"

"将酒宴摆至在聚义厅上，我与同众贤弟叙一叙衷肠……"是《连环套》中窦尔敦的名段。

"好！好！"

"好！好！"

子夜了。钟离宏掏出票夹付完款，居然说："呼延老板一家辛苦了，我给你家另付辛苦费1000元！"

呼延远说："这……辛苦费比餐费还多了两倍，不行，不行。"

"您不收，就是看不起我们了。明晚我们还来！"

当钟离宏领着剧团的人走后，所有的桌子又呼啦啦坐满了人。

这样的好玩意，名角都称赞不已，古城人能不尝尝吗？

文　庙

○孙方友

在陈州城北大街路西，曾有过一座文庙。一般文庙俗称黉学或孔庙，事实上也就是录用文童在此熟读《四书》《五经》，演习世俗礼教的场所。

据《陈州府志》载，陈州文庙始建于宋朝徽宗年间，明崇祯十五年焚毁于兵燹。文庙建筑结构严谨，布局紧凑。整个建筑依中轴线为对称布局，有沣池、棂星门、戟门、拜殿、大成殿、崇圣祠等从南至北依次排列，棂星门内有崇德、育才牌坊两座，全是青石雕刻，翔龙彩凤，巍巍壮观。大成殿是文庙的主殿，建筑在三尺高的台基之上，殿前建有宽敞的月台，大成殿高三丈有余，正脊上饰有飞禽走兽，栩栩如生。大殿前屋坡为两断式——既可加深建筑之深度，扩大空间，又可产生一种雄伟而多变的视觉效果——如此好的建筑毁于战火，可惜了！

守看文庙的，是一个不识字的哑巴。他十二岁时进文庙当看管，一生岁月全消耗在文庙内。早晨起来，他要从后院扫到前院，然后打扫厕所，清理香灰。香灰是做变蛋的好料，哑巴就把香灰积攒起来，然后卖给小贩儿，挣点零钱添衣服。哑巴不识字，却很爱孔庙，因为孔庙是他的家。对前来求学的文童，他非常疼爱，每日用树枝树叶什么的，烧一锅开水，供孩子们喝。到崇祯十五年文庙被毁的时候，哑巴已年过花甲，两眼昏花，拎不动扫帚，就用小笤帚扫大院，从早扫到晚，两天才能把一个古老的大院扫干净。

　　《陈州府志》上说的文庙毁于兵乱，实际上是毁于闯王李自成之手。崇祯十三年，李自成被明军围困于巴西鱼腹山中，为冲出包围圈，他率轻骑，入河南，提出了"均田免粮"的口号，深为人民群众所拥护，队伍迅速扩大。大概就在这时候，李自成攻占陈州，放火烧了文庙。当然，李自成烧文庙并不是无原因的。因为陈州官兵负隅顽抗，最后躲进了文庙，拒不投降，李自成一怒，就命人放了一把火。

　　那时候，哑巴也在文庙内。躲在庙内顽抗的官兵头目是一名副将，叫周岩。哑巴见外面不断有人用云梯攻庙，血光闪闪，就担心李自成久攻不下，一定会使用火攻。他觉得自己有义务保护文庙，就向周岩比画，意思是说敌强我弱，不如投降，因为他知道李自成只是路过陈州，并不长久，只等援兵来到，立功请赏。最后战斗越来越残酷，不但庙内士兵伤亡惨重，李自成也付出了不小代价。周岩知道现在投降只有死路一条，便叫过哑巴，问有没有逃跑的办法，并说你若想保护文庙，除非帮我们逃走。哑巴明白了周岩的手势，指了指周围的高墙摇了摇头，意思是四面楚歌，从墙壁上是逃不脱的，说着又指了指地下，然后就领着周岩一帮残兵败将到了大成殿里。哑巴推开孔子神像，露出一个深洞。哑巴指了指深洞，又朝外指了指，意思是说这个洞能通向城外的城湖里。周岩等人逃命心切，一个个跳了下去，等殿里没人了，哑巴笑了笑，推过孔子神像封了洞口。

　　哑巴知道，那是一个秘密地下室，周岩他们是逃不脱的。他只是为了保护文庙，耍了一个计谋。哑巴认为只要院里没人抵抗，这场战斗就可以结束。等到平静下来，他可以再放出周岩他们。哑巴正欲向庙外的起义军报告，不想东北角已冒起了滚滚狼烟。哑巴很是着急，慌忙打开文庙大门，"哇哇"着要找当官的。起义军见文庙大门突然打开，从里面跳出了个白发老头，上前捉了。起义军有刚入伍的本地人，认得哑巴，没有杀他。哑巴头上冒着汗水，与起义军比画，意思是内里已没有官兵，赶快救火。但那时候已晚了，大火迅速地蔓延开来，不一会儿，便一片火海。

哑巴望着熊熊大火，禁不住双膝跪地，痛哭不已。

哑巴无家可归了！

是夜，哑巴"哇哇"着闯进李自成大帐，要与李自成诉苦，不料没过二道岗，就被岗哨推了出去。那时候李自成还未休息，听到大帐外有一个哑巴乱"哇哇"，很是好奇，便命人把哑巴带进了大帐内。李自成望了望面前的老哑巴，和气地问："你找我有事吗？"哑巴满面怒气，比画着：我费尽了心机才稳住官兵，你为什么还烧文庙？你可知道，文庙是我的家呀！我现在无家可归呀！李自成费了好大劲儿也弄不懂哑巴的意思，后来还是牛金星悟了出来，笑着对闯王说："大王，这老者是看守文庙的哑巴，他问你为什么放火烧文庙？那里面敬的可是孔圣人呀！"

李自成听完牛金星的解释，哈哈大笑，笑够了方说："历朝历代都尊孔，可我李自成不信那一套！不毁旧的，怎建新朝？战争就是毁灭！若我李自成躲在文庙里，官兵就不烧庙吗？"

尽管牛金星费尽了心机，可哑巴仍是弄不懂李闯王的意思。他"哇哇"地叫着，双目凶凶地盯着李自成，像一个疯狂的狮子。李自成自然不和一个老哑巴一般见识，为说明自己烧文庙是迫于无奈，让人带着哑巴到了文庙。那时候东方已经发亮，但孔圣人的神像仍然屹立在高台上。圣人被烧得体无完肤，形如黑炭。李自成拍了拍哑巴的肩头，走过去，一脚踢倒了神像——就在李闯王为表示轻蔑孔老二，准备再踏上一只脚的时候，突然看见一个黑洞洞的洞口。

哑巴惊得目瞪口呆！

就在那一刻，哑巴切切企盼着能从那洞口里突然伸出一把刀，杀死李自成，用以惩罚他烧毁文庙的罪行！可是，洞里静悄悄的，没出现刀，也没出现枪，里面的官兵像全死光了一般。李自成望了望洞口，又望了望哑巴，眼睛亮了几亮，对牛金星说："你误解了这哑巴老人的意思，他的真正目的是向我们报告这洞里藏有官兵！"说完，李自成派人朝洞里喊话，果然，藏在洞里的官兵怕被烟熏死，一个一个走了出来。周岩走出来的时候，看到目瞪口呆的哑巴，恶狠狠地瞪了哑巴一眼，又朝地上唾了一口唾沫，用脚踩了踩。哑巴面色顿时发白，空空地张了几回嘴，什么也没说出来……许久，哑巴突然跑上去，拦住了周岩，很认真地指了指李自成，指指已变成了废墟的文庙，又拍了拍胸口，然后就一头撞在了石柱上……

重　复

○刘国芳

A

一个人买了一件耐克，只是一件汗衫，价格将近1000元。

这人是个房地产开发商，是那座小城数一数二的富豪。富豪把耐克穿出去，别人都看见了，经常有人跟他说："你这件耐克真好看。"

富豪笑笑。

又问："这件衣服恐怕要1000多块吧?"

富豪说："不到1000。"

B

一个人也买了一件耐克，但是假的，在地摊上买的，只花了10块钱。

这人是个农民工，每天拖着板车在街上走来走去帮人拖东西。农民工把假耐克穿出去，也被别人看见了。于是经常有人瞪大眼睛看着他，还说："你也穿耐克?"

农民工说："假的。"

人家说："我一看就是假的。"

农民工笑笑。

C

富豪经常在健身俱乐部打球，对他来说，这叫锻炼身体。但富豪有时候会嫌健身俱乐部空气不好，他会去公园里打球。公园的树下面有几张乒乓球桌。很多人都在这儿打球，包括那个农民工。农民工天天拖着板车，他的运动量足够，对他来说，打球不是锻炼，而是喜欢。一天下午，富豪又去公园打球了，那个农民工也去了。这天天热，富豪打了一会儿，通身流汗，于是富豪脱了那件耐克。树上有钉子，那些打球的人钉的。富豪脱了衣服，就挂在树上的钉子上。农民工打了一会儿，也通身冒汗，于是也脱了那件假耐克，挂在树上。两件衣服颜色一样，挂一起，差不多的样子。后来，天快黑时，富豪不打了，他把农民工那件假耐克穿在了身上，然后走了。那个农民工，随后也不打了，树上还挂着一件汗衫，农民工拿下来，也穿在身上。

毫无疑问，农民工现在穿在身上的是那件真耐克。

D

富豪现在穿的是假耐克，但他走出去，仍有人说："你这件耐克真好看。"

富豪笑笑。

又问："这件衣服恐怕要 1000 多块吧?"

富豪说："不到 1000。"

E

　　农民工现在穿的是真耐克，但他走出去，还是有人说："你也穿耐克？"

　　农民工说："假的。"

　　人家说："我一看就是假的。"

　　农民工又笑。

母亲的官司

○ 曾　平

　　母亲拖动着伛偻的身躯，喘着呼噜噜的粗气，一敲开我的家门，劈头就甩出一句，要我立马替她老人家打官司。母亲情绪激昂义愤填膺满含委屈。

　　母亲挨谢三娘告了。谢三娘要母亲赔她1341元医药费。

　　我到城里工作后，母亲仍在乡下。我多次提出要母亲搬到城里，母亲高矮不干。母亲六十有五，我只得在老家为她老人家装了一部电话以防万一。

　　那部电话带给了母亲无穷的快乐。我们村300多个劳力在外打工，那些飘零四方的乡亲有着太多的话语需要和家人沟通。母亲那部电话成了他们最优的选择。

　　村里外出打工的都知道母亲的号码。不管刮风下雨白天黑夜，他们都打母亲的电话。母亲总是扯开干涩的喉咙颤悠悠地喊，张三，你家张三爷要你10分钟后来接电话！快点！快点啊！遇上路远，母亲就走过去，等到能听见了，母亲再扯开干涩的喉咙颤悠悠地喊，李四，你家李小四要你20分钟后来接电话！快点！快点啊！遇上刮风下雨或者夜晚，母亲走不动看不见，接电话的人路又远，母亲就站在屋檐坎前扯开干涩的喉咙颤悠悠地喊，王五！你喊一下许六，麻烦他喊一下刘七，让刘七喊一下罗八媳妇，要她40分钟后来接电话，罗八的电话！喊她快点儿！快点儿啊！母亲就这样把一个个需要接电话的名字喊出去。

很快，一张张笑吟吟满含希望的脸来到母亲家。母亲站在屋檐坎前，吆喝着狗，端出木凳，递上茶水，拉着一些天晴落雨春种秋收婚丧嫁娶的家常，和等电话的人一起共同等待着电话再次响起。

接完电话，母亲又和人家一起唠唠叨叨地分享着刚才电话里传递过来的快乐、悲伤、愤怒或者一些美好的憧憬，或洒落一两行老泪，或送上一些祝福的话语，或陪人家一起来一通义愤填膺的大骂。这样的情景天天都在我老家上演，只是愈是端午中秋春节我老家愈是人来人往川流不息。

那天，和平时一样，谢三在深圳打母亲的电话找谢三娘。因为下雨，路滑，母亲扯开喉咙喊张三让他喊王五由王五喊谢三娘。谢三娘很快从雨中笑吟吟兴冲冲地走来。母亲吆喝着狗，端上木凳，还把我孝敬她老人家的桃片拿出来和谢三娘一起分享。等电话的时候，母亲和谢三娘一起和睦融洽地谈论了谢三娘家正在修建的小洋楼，母亲的表情和话语全是真诚的羡慕和赞扬。谢三娘接完电话，还和母亲探讨了一段时间她的小洋楼装修问题，母亲非常热情非常真诚地出了不少的主意。

就在谢三娘走出我们家的时候，那条和母亲相依为伴的黄狗突然如利箭般射向谢三娘。谢三娘一声惨叫。等毫无准备的母亲制止住狗时，谢三娘的血已经从裤子里汩汩地流出。母亲赶快给谢三娘止血，赶快喊隔壁的柳四和她一起把谢三娘往镇医院送。母亲把谢三娘送到镇医院治疗完毕回家已经是晚上 12 点。

谢三娘是在 20 天后向母亲提出赔付医药费问题。她的男人谢三通过母亲的电话告诉她我母亲得赔付医药费。他们在外面遇上过这种事情。谢三娘就让镇上的律师写了一张状子把母亲告到了法院。

我明明白白地告诉母亲她得赔付谢三娘的医药费，谁让那条狗是她的狗呢？

母亲不服，说，我没收他们一分钱！我 60 多岁的老婆子不管是刮风下雨半夜三更还是腰酸背疼生病吃药都给他们喊电话！母亲很委屈，说，我每次都给他们吆了狗！我给他们端木凳送茶水招待他们吃这吃那！他们还要告我！母亲想不通。母亲眼里有泪。

我只得翻出《民法通则》，耐心细致地给母亲普及。

母亲哪里懂什么《民法通则》。母亲说，他们不讲良心！

法院自然不会和母亲讲良心，他们讲法律。很快，法院判决，要母亲赔付谢三娘医药费 1341 元，承担诉讼费 350 元。

收到判决那天，蹒蹒跚跚的母亲回家噼里啪啦地扯断了电话线砸烂了电话机。

从此，再也听不到母亲扯开喉咙喊人接电话了。

成名时代

○程宪涛

M 晚报老总一改往日的含蓄婉约，泼妇一样顿足捶胸暴跳如雷，饭桶笨蛋窝囊废等国骂倾泻而出。

老总训斥何许人也，M 晚报社会纵横版的年轻记者阿 B。美其名曰：无冕之王，狗屁！是老总说炒就炒，想辞就辞的打工仔。

老总抖落着一份和 M 报争饭碗的 N 报纸，就像巫师扇动符上咒语的蝙蝠，不住在阿 B 面前晃动和飞舞。老总点着阿 B 的鼻子质问，为何你总是像脑血栓患者一样反应迟钝，采写的新闻比人家慢半拍；为何总是更年期一样重复陈词滥调，写不出新鲜刺激的货色；为何总是像小商贩一样小家子气，兜售小玩意搞不出大部头的东西？再看 N 报赢得读者的内容，独家专访名人的情妇和二奶，独家报道某腐败工程的内幕，连续追踪重大毒品走私案！五彩缤纷美不胜收。

老总把报纸摔到阿 B 的脸上，咆哮着发出最后通牒，给你一周的期限！如果版面没有突破和起色，缺少卖点、读者减少、发行量继续下降，就立刻卷铺盖走人！老总把阿 B 像一块破布一样丢在那里，怒冲冲扬长而去。

阿 B 就像失去水分的秧苗无精打采。上司的冷酷无情，同事的得意和窃笑，女友的冷漠和轻视。阿 B 恨不得有一条地缝钻进去。这就是红尘滚滚物欲横流的社会，适者生存弱肉强食，成者王侯败者贼。

老总规定的期限的最后一日，阿 B 果然抓住一条重大新闻，那是被称为世纪性的一场大火，消防部门动用了全市三分之二的消防车辆和消防人员，但是一座新建的大厦转瞬间灰飞烟灭，造成的经济损失创本市火灾历史的最高纪录，防火直接责任人被逮捕起诉，某些高层领导集体引咎辞职。M报记者阿B准确及时的第一手资料让同行望尘莫及。各地报刊纷纷购买M报报道的版权，转载阿B的新闻报道，M报名声大振，发行量飚升。

几天后，M报的另一个独家新闻让同事对阿B再次刮目相看，一白手起家的巨富商人遭遇绑架，匪徒疯狂地向富商家属勒索一笔天文数字的赎金。案件刚刚风吹草动，M报有关富商的详细资料先声夺人陆续刊出，关于事件的过程M报分析得详细透彻，推理入木三分。整个事件满城风雨街谈巷议，M报洛阳纸贵不断加印，转载盗版不胜枚举，阿B随之声名鹊起，M报获得巨额广告收入。

M报老总不仅给阿B甩了红包，还允诺年终将阿B晋升主任记者。在相继连续的几次重大新闻事件后，开始有报刊允诺重金邀请阿B，重要独家新闻专门请阿B采写编发。阿B成为大红大紫的知名记者。阿B的去留关系到M报的兴衰。阿B拥有了M报百分之十的股份。

阿B春风得意的时候，某日，阿B正在接受各种媒体采访，介绍自己的成功经验，慷慨陈词侃侃而谈。两名全副武装的警察走进来，向阿B出示拘捕证，警察威严地宣告，阿B涉嫌策划连日发生的纵火、绑票等案件，他要到警察局接受调查。锃亮的手铐戴在阿B手腕上，阿B就像煮熟的面条瘫软下去，阿B几乎被拖着押上警车。

整个采访现场死一般宁静后，记者摄像师摄影师们忽然缓过神来，各种话筒伸向阿B，闪光灯不住闪烁，预定的采访主题改变了内容，请阿B解释目前发生的情况。

M报老总大骂惊魂未定的部下：一群没有脑子的蠢货，没有一点新闻意识和职业水准，肥水不流外人田，这样的独家新闻事件怎么能让其他媒体抢走呢！老总立刻派得意的下属购买独立访问阿B的权利，追踪报道事件全程。

纶　巾

○高　军

纶巾，即诸葛亮所佩戴之饰物也。据《三国志》记载，诸葛亮是阳都人。但很多人不知纶巾为何物，甚至错误地认为是一种丝织品。其实，它就是用阳都所特产的一种草——纶草编织而成的。进入 80 年代以来，许多国家的外商到阳都寻觅纶草，却寻不到了。过去，老百姓一直身在宝中不知宝，把它刨来当柴烧，这种草本植物已在世上绝迹了。

但在阳都高家村，却还有明朝流传下来的一件纶巾，至今崭新如昨。纶草这种植物，具有坚韧、耐烂等特点，制作的纶巾也就能保留长久了。这件纶巾现在在高洪连家，是他的祖上，明朝万历年间的高驸马遗留给后人的宝物，从来都秘不示人。

这日，村里来了两个南方人，撇着洋腔，打听着进了高洪连家，引得很多人都围在他家门口看热闹。

"这个洪连，要发财啦。"有人这样说。

也有人说："祖传遗物，卖的？"

正当人们议论纷纷的时候，两个南方人满脸失望地走了。

"俺家本来就没有这种东西嘛。"高洪连走出来。

"对对，就应这样。"村人都松了一口气，对高洪连直竖大拇指。其实村里人是认定有的，只是过去从不打探。两个南方人的到来才打破了宁静。人们认为，没让南方人弄去，就是好事。

可是，高洪连感到生活的不安静了。认识不认识的人经常在他的门口窥探，让他全家感到不自在，总担心会出什么事儿。

村里的议论也多起来，高洪连听到最多的是这么几句：

"那是无价之宝啊，诸葛孔明佩戴的东西，谁见过？明朝编的也有几百年了，能不值钱？"

"手艺好，主要是手艺好。你们想想，草能编成巾——，丝巾一样的东西，谁见过？这手艺又失传了啊。要是谁都能编，还值钱！"

"你们年轻后生没见过纶草吧？以前，咱们这里满山遍野都是，谁当好草来？说着说着，这不就绝种了。唉，可惜啊。"

议论一阵后，有人就劝高洪连："拿出来让兄弟爷们看看吧，啊？"

这时，他往往是一边笑一边摆手："没有，俺家真的没有这种宝贝，"并反问一句，"哪有来？"

但不久，他家连续被盗了好几次。

再听到人们的这类议论，高洪连就满脸惊恐了："俺没有，就是没有。"

不知不觉间，邻居们与他一家冷淡了起来，没有小孩来叫他的孩子一路上学了，更没有与他的孩子一起玩的了。村里的大人也没人来他家串门子，平时见面脸上都寒寒的，一点亲热味都没有。

高洪连很苦恼，也就经常不出门了。

再后来，高洪连见了人就解释："没有，俺家没有啊。"

"没有就没有吧，谁说你有来？"人们挣脱他，快速离去。

"你有没有关我们什么事啊，神经病！"不久，人们就对他不客气了。

"俺家没有，俺家没有啊。"一些小孩子经常跟在他的身后喊着玩儿。

高洪连的眼直勾勾的，无动于衷，偶尔也跟着嘟哝："没有，真的没有啊。"

他竟真的成了神经病，一家人的日子过得越来越恓惶。

"唉，可惜了高洪连这么棒的一个人，竟废了。"

"他妈的，全该那两个南方人是。"

"他家肯定没有纶巾，你们想想看，一种用草编的东西能保存几百年！明朝到现在已好几百年了啊。"

"那是那是。"

人们逐渐与高洪连一家又亲近起来。

过了一段时间，高洪连的病也渐渐好了，又和常人一样出去干活了，见了人也不再说"真的没有"了。

这天，村头大槐树上的喇叭被"噗——噗——"地吹了几吹后，竟然响起了高洪连的声音："各位兄弟爷们，我是高洪连，有空的话，请来俺家一趟，有件事儿让您作证。"

这话引起了村人的好奇心。喊过不长时间，村里人就到了不少。

只见高洪连站在他家大门口东边的一个麦穰垛前。麦穰垛上放着一张窄窄的草席子，空气里弥漫着一股浓浓的汽油味。

"纶巾害得我好苦啊，现在我不要它啦。"

高洪连一边说着，一边快速地点上了火。火"腾"地烧了起来，有几个年轻的往前凑了凑，但浇了汽油的麦穰垛已成了一个大火团，也就安静了下来。

"他妈的，神经病。"人们愤愤不平。

有人说："这根本不是纶巾，是一领破草席。"

人们又都不理睬高洪连一家了。

那两个南方人又来过几次，以后就没再露面。

遥远的河

○ 胡　炎

她是他的女上司。

他是她手下的办公室主任。

她威严，果断，不苟言笑，雷厉风行。偌大个单位，都知她是个女强人。

他聪明，勤快，有条不紊，工作铺排得井然有序。同僚都说，他是个好管家，当之无愧。

闲暇时，她唯一的爱好，是一个人静静地坐在电脑前，上网。

他也是。

他的网名叫"河在远方"，每次进入聊天室，他都要找一个人，那个人的网名，叫"遥远的河"。他记得最初与"遥远的河"在网上邂逅，是缘于两人都喜欢同一本书：《遥远的河》。那书中的每一个字，都是从心中流出来的，娓娓低诉，动人心弦。

他说，你好。

对方说，你好。

礼节性的问候之后，他直言不讳，忙了一天，好疲惫。

对方也说，是的，疲惫，身心俱疲。

他说，听听音乐，或许可以松弛一下神经。

对方说，没用，心不宁静，音乐走不进心灵。你呢，去酒吧喝杯酒，应该可以缓解精神压力。

他说，我已饮酒成灾，无奈。

对方说，那就好好和家人在一起，享受一下天伦之乐，家是温馨的港湾嘛。

他说，很遗憾，妻子是个诗人，嫌我俗，早离了。

对方说，对不起。人在俗世，哪个又能完全脱俗？

他说，是的。你呢？家庭美满吗？

对方说，巧了，我们是一个战壕里的盟友。丈夫搞业务，没有共同语言，我们已离婚十年。

他说，哦……孤独吗？

对方说，孤独。你呢？

他说，孤独。

对方说，我猜，你应该是个成功的男人，酒是男人成功的一个砝码，俗话说，煮酒论英雄嘛。

他说，惭愧，我不过是个伺候人的小角色，有时聪明，有时装傻，胃喝坏了硬撑。

对方说，能够理解。小人物妥协的方式，就是屈从和狡猾。

他说，你做什么工作？经商？从政？

对方说，演员，戴着一个没有表情的面具，有时是主角，有时是别人的提线木偶。

他说，猜不透。能告诉我你最大的愿望吗？

对方说，真实、自由、张扬，找回自己。但是，那是一条遥远的河。你呢？

他说，同样，河在远方。

日子久了，他觉得，他已离不开"遥远的河"，而对方也离不开他。在一个虚拟的世界，他们坦诚相对，无话不谈。

操场边,那树合欢花　　**39**

这天，在单位，因为工作上的一个环节，他和她发生了有史以来的第一次争执。她很气愤，他很委屈。她拂袖而去，他拍案而起。

进入聊天室，"遥远的河"正在等他。

他说，冒昧地提个请求，能见个面吗？

对方说，好的，我也正想和你好好聊聊。

他说，太好了，玫瑰咖啡厅，我拿一本《遥远的河》。

对方说，我也拿一本《遥远的河》，不见不散。

他早早地去了咖啡厅，很快，一个手持《遥远的河》的女人款款而来。女人着一袭长裙，典雅、洒脱，近了，他意外地认出，是她。

他愕然。

她也愕然。

片刻，她尴尬地笑笑，不巧，我还有点急事，再见。

他也说，是啊，刚好有朋友找我。

她扬长而去，裙裾在风中飘舞。他必须承认，她从来没有今天这样迷人。

从此，她不再上网。他也不再上网。

不久，她调到了另一个单位。

陪女儿看桃花

○高海涛

星期日，上小学六年级的女儿让我陪她一起去解放路看桃花，以便完成老师布置的作业。

我们是乘3路车去的。车从朝阳路拐入解放路时，我指着路两边的桃花对女儿说："这就是你要看的桃花。"女儿却说："不是这里，老师让看解放桥上的桃花。"我就在解放路的一家单位工作，对于桃花早已熟视无睹了。可今天不知道为什么，我却入了神，天天要走的解放路竟陌生了许多，透过车窗，我才发现桃花是在桃枝上成串开放的。要不是售票员提醒我的专注，我们肯定要坐过解放桥的。

熟悉与陌生竟像一个魔术，刚才还是一张白纸，转眼就成了一只振翅的白鸽。来到解放桥，女儿却找不到老师让看的桃花。我说桃花在解放桥的两边，解放桥只是解放路两排桃树的中心点，就像你们学校，大门口没有学生上课，是一个道理。

女儿带着纸和笔，随手做着记录："星期天，爸爸跟我一起乘3路车去解放桥看桃花……"这些都是我们刚上车时，她所写下的。来到解放桥上，她也只是记录着："运河里的水清澈得像一面镜子……"可是我看到的运河却是一些给天津送水后的残水，黄黄的，根本不清澈。

女儿开始观察桃花了。她走到一桃树下，一边看桃花一边说："一个枝上桃花有三种颜色。"接着一瓣瓣地数桃花。我就站到她身后的一棵桃树后，一阵风过处，满树的桃花瓣就向马路上飘去，就像一阵桃花雪，顿时马路上就平铺了一层。桃花瓣还没有静止时，就有飞驰的汽车从它们身上碾过，带起一片桃花云，然后把它们吹向路边。我指着马路边让女儿看那成河的桃花瓣，她惊叫着捧了一捧向天空散去。

这时，一只白翅黑颈黑尾的鸽子，冷着眼往解放路上看，从它的眼中我突然悟出了许多东西。我们永远也看不完这些桃花，因为看桃花的角度很多，比如在汽车里，在清风楼上，在桃树底下……这不正如人生吗？比如一个地方办同样一件事，今天去不行，明天去可能就会很顺利；认识的人办不成，可能一个陌生人却一办就成；办公时办不成，在街上偶然相遇，他可能会上赶着你去办。这也许就是人生的机遇吧。

回到家，女儿已记了一页稿纸的笔记了，观点都很新，有的我提醒，但大多数是她自己想到的。可是，她没有急着按笔记来写，而是抱出一大摞作文书，说要参考参考。我说："你怎么不独立完成呢？"她说："是老师让参考的。"

直到傍晚时，女儿才拿出一篇《解放路的桃花》的日记，一点她笔记的影子都没有了，只是一篇桃花的说明文了。

十秒钟的较量

○郭震海

　　他一上车，我就注意到了。我不知道他的名字，不妨就叫他小后生吧。他十八九岁的样子，人长得也不难看。

　　老实说，是他的眼神暴露了自己。别的乘客上车后，首先要找的是座位，他上车后，眼睛在车上扫来扫去。他在寻找着下手的目标。

　　"你要到哪里？买张票好吗？"我走过去，用手轻轻地碰了他一下。

　　"到……到小……王庄。"他回头看我的瞬间，眼神里掠过一丝慌乱，说话也有点儿吞吐。

　　"3块！"我很礼貌地先递给他一张车票。

　　他接过票后，并不看我，仰着头，眼睛胡乱地盯着车的顶端，一只手插进牛仔裤兜里摸索，好半天才掏出一张皱巴巴的5元钱。

　　我找过他钱后，重新回到副驾驶位置上。

　　可以确定，这个小后生不是一个老手，或许是刚刚开始。作为一名售票员，我跟车售票十多年，我可以从一个人的眼神和动作，很准确地判断出乘客和贼的区别。

　　车继续前行。车内不是很拥挤。天已经暗了下来，车厢内亮起了灯。

　　一位中年妇女抱着孩子，坐在座位上开始迷糊，怀里的孩子已经入睡。她身边站着一个年轻小伙子，一只手抓着扶手，另一只手在玩着手机。

　　小后生盯着中年妇女看了一会儿后，慢慢地靠近了她。我知道，他要行动了。中年妇女的手提包不知什么时候已经垂到了地上，胳膊上套着手提包的一根带子。

　　小后生挤过去后，先用眼睛扫扫四周，确定没有人注意他，装做很无意的样子，将我刚刚找给他的两元钱纸钞，丢在中年妇女的手提包边。

　　"嗨，你的钱丢地上了。"玩手机的小伙子，用眼睛的余光扫了一眼飘落的两元钱后，很善意地提醒小后生。

　　"哦——谢谢！"小后生假装低头四处寻找。接着，他蹲下了身。

　　我猛地大声咳嗽起来，夸张地发出了很响亮的声音。乘客都朝我看来。中年妇女醒了，抬起头看了我一眼后，注意到她脚下蹲着的小后生，迅速将手提包握在了手里。

　　他没有得逞。他站起身后，我看到他额头上渗出了汗，在灯光下发着亮光。这家伙绝对是个新手。

　　首战失利后，小后生并没有就此罢手。他离开中年妇女，向后面走去。此时，一位大胡子挡住了我的视线。

　　车里很安静，窗外漆黑一片。跑完这一趟就要收工了，我利用这个间隙低头开始清点手里的零钞。

　　"师傅，停车，快停车，我的钱包不见了。车上有贼！"一个中年男人的一声喊，彻底打破了车内的平静。许多人都应声去摸自己的口袋。

　　我也被中年男子的喊声吓了一跳，我完全没有想到小后生能这样快就得了手。

　　"停车！快停车！"中年男人继续喊道。

　　我站了起来："这位乘客，你先不要慌，你想想是不是在上车之前丢的？"

　　"屁话，根本不可能。我刚才买票的时候还在，一眨眼的工夫就不见了，车上有贼，有贼！我要求你们马上停车，我要报案。"中年男人的情绪很激动。

"这位乘客你先别慌，我相信我们这趟车上的所有乘客都是高素质的，是不可能去偷窃的，偷窃可耻，这连小孩子都知道的行为怎么能发生在我们成人身上呢？是吧，孩子？"我低头有意识去问我身边坐着的一个小女孩。

"是——"小女孩大声说，"我妈妈经常对我说，偷别人的东西是最不道德的事儿。"

"听听！大家都听听，这位小女孩说得多好！如果我们的乘客中间真的有贼，请你反思一下自己的行为。你难道连一个七八岁的小孩都不如？"我说着，隔着乘客盯着小后生的脸。他很不自在，脸上汗津津的，注视着窗外。

我又对这中年男人说："这位乘客，你先别一口一个贼的，你先看看钱包是不是自己不小心掉到了地下，咱们尽量不去冤枉好人，但也绝不能放走一个坏人，如果脚下没有，你再喊贼也不迟。"

我说完后，开车的李师傅心领神会，一伸手，关掉了车内的灯。

"怎么断电了？怎么回事？"车内突然断电，引起大家一片喊声。

"你让我找钱包，怎么连电都没有了，到底怎么回事啊？"中年男人喊道。

"大家先别慌，电路出了点儿小故障。"我急忙解释道，"我们开车的李师傅是位老司机，这点儿小问题只用10秒就解决，现在我就开始倒数，丢钱的乘客请你在10秒过后再找，我们都是文明的人，谁愿意当贼啊，是不是！"

我提高了嗓门开始倒数数字。"十、九、八……一。"

车内灯亮了，中年男人蹲下身。很幸运，他的钱包找到了，我长长地出了一口气。

很快小王庄到了，小后生下车后，我望了他一眼，四目相对的瞬间，我说："小伙子，你慢走，停电十秒让你受惊了。"

他的脸"腾"一下红了，眼中有一丝慌乱，也有一丝感激，随即消失在夜幕之中。

斗蟋蟀

○ 张晓林

蟋蟀，就是促织，诗人叫它蛩，民间喊作蛐蛐……

蟋蟀有很多种，个儿最大的，叫油葫芦，能长到三四厘米，善鸣。中有"瑟琶翅"，万里挑一，极珍贵。还有一种蟋蟀，通体黑色，叫铁弹子。鸣叫的时候，"嘹嘹嘹……"也很好听。按其音质，有"玉磬""铜磬"之分。常被喊作蛐蛐的那一种，其实叫斗蟋。这种蟋蟀不善鸣叫，却善斗。斗蟋蟀，多用的就是这种。

斗蟋蟀，在我国，已经很悠久了。宋代有一部书，叫做《负暄杂录》，就有对斗蟋蟀的记载。南宋有一个宰相，贾似道，贾宰相，很喜欢斗蟋蟀，是个斗蟋蟀迷。外夷入侵，到了眼皮底下，他还在西子湖畔的半闲堂里，"与群妾踞地斗蟋蟀"。

斗蟋蟀，到了明宣宗年间，达到了顶峰（蒲松龄《聊斋志异》里的《促织》，就是写的这个时期的事）。后，此风时断时续，却也一直没有匿迹。

民国年间，围镇柳上月，还玩出花样来了。

柳上月出身宦门，祖上曾放过前清道台，后来不知什么原因，家道中落了。

柳上月五十多岁，蓄长胡须，喜欢穿一袭青色长衫，拿蟋蟀罐：澄泥做的——澄泥罐，那罐玩的时间长了，润泽晶莹如玉。从罐上，玩家就知道，这是个斗蟋蟀的高手。

斗蟋蟀，得会养蟋蟀。

柳上月极会养蟋蟀。喂食，一般玩家用黄米饭，可他却喜欢用大米饭。把米饭煮烂，放进水里泡。泡成"水米饭"。早秋一粒半，中秋一粒。有时，他还会在水米饭里掺进一点生冬瓜瓤，熟蟹脚中肉。

蟋蟀生病了，柳上月也会知道。他好像懂得对蟋蟀的望、闻、问、切。一仰头。一练牙。一卷须。一撼腿。不好——蟋蟀病了。柳上月就配药：积食，去污水坑里捉几个小红虫；打摆子，就逮来三两只带血的蚊虫……

柳上月的确是高手，他能说出很多名目。他把蟋蟀相斗的招数分为夹、钩、闪、躲、蹲、拖、箍、滚数种。有一种斗蟋，一经下盆（斗盆），就向对方咬去。咬住了，就再不松口，直到把对方咬死，或者就同归于尽。很惨烈。这样的蟋蟀，柳上月叫它"重口"。此外，还有"巧口""外口"之说。

蟋蟀相斗之时，小小斗盆之中，似有千军万马，险象环生，精彩迭起。观者忽而屏息敛气，忽而抵掌惊呼，紧张至极。

——的确有趣。

圉镇乃至雍丘的达官贵人，文人雅士，都愿意把柳上月请进府里，摆上斗盆，放了蟋蟀，斗几个回合，逗个乐！

这一年，倭寇侵华。

雍丘县城，也进驻了日本的一个中队。那中队长叫佐佐木，人长得秀气，眼睛很细，戴着一副眼镜。他的那双手很特别，比女人的还光滑，还纤弱。可谁能想到，就是这双手，在南京大屠杀中，一口气砍卷了三把柳叶刀！

佐佐木年少时，曾跟着他的叔叔——一所大学的教授，来过中国，在一个官员家里，见到过斗蟋蟀的场景，觉得很有趣，就学了，上了瘾。入侵中国后，他一直都在留心斗蟋蟀的高手。

他听说柳上月斗蟋蟀有绝招，就派人把柳上月从围镇"请"到雍丘。

头一天，柳上月好像知道有事情发生，他捞了一些浮萍，放在石臼里捣烂，绞出汁液，搅动，让汁液旋转，再把蟋蟀放进去……这是给蟋蟀洗澡……洗掉身上的油污。

他自己也沐了浴，换了一件干净的长衫，把头发、胡须都细细地梳理一遍。

来到雍丘日本队部，佐佐木已摆好阵势。斗盆放在一张矮桌上，一个汉奸立在一旁，手里拿着一根苁草——探子。

柳上月走上前，打开自己的蟋蟀罐，把蟋蟀赶进"过笼"里，放进斗盆。佐佐木在一边就笑了，捂着嘴笑了，他说："你的，小蟋蟀，必败。"

柳上月的蟋蟀个头很小，浑身乌黑。

柳上月没理会佐佐木，他扭过头，在一张椅子上坐下。

佐佐木的蟋蟀，是一种名叫"蟹壳青"的，大得活像一只油葫芦。它在斗盆里，振翅鸣叫，龇牙蹬足，样子很凶恶。

柳上月的那个小蟋蟀，却趴着一动不动，好像睡着了。

佐佐木哈哈尖笑。

柳上月坐在椅子上，默默地，用眼睛看着佐佐木。那眼神很古怪。

汉奸伏下腰，用"探子"撩小黑蟋蟀的尾巴，不动。汉奸也笑了。再撩它的小脚，再撩它的牙口，再撩它——小黑蟋蟀突然暴怒，后腿一挺，直蹿过去，俩蟋蟀就斗开了，夹、钩、冲、腾、滚、击，噼里扑碌直响。忽见小黑蟋蟀发疯般地跳起来，张开大牙，一下子咬住了"蟹壳青"的脖子，咬得很死，"蟹壳青"的脖子破了。流水了。死了。

佐佐木暴怒，嘴里喊着"死啦死啦的"，舞扎着女人般的手，想把小黑蟋蟀摁死在斗盆里。

柳上月坐在椅子上，仍然沉默着，他的眼睛闭上了——他好像不愿意去看佐佐木的丑态，他头上冒着热气。

忽然，佐佐木"哎哟"一声，那小黑蟋蟀不知啥时竟飞到了他的脸上，黑亮的一点叮在那里不松口了。佐佐木疼痛难忍，"啪！"照自己脸上狠狠扇了一耳光。可是——腾——那小黑蟋蟀又叮在了他的鼻头上……

那汉奸上来帮忙，越帮越糟，小黑蟋蟀一急，一下子钻进佐佐木大张着的嘴巴里，顺着喉咙，哧溜——下去了。佐佐木魂飞天外，眼珠子都快掉出来了。他不相信眼前这一幕，他觉着这不是真实的——可是，他的肚子里却一阵剧痛，肠子都好像断了……他挣扎着，抽出东洋大刀，踉踉跄跄朝柳上月砍去，"扑通！"手一软，佐佐木却跪在了柳上月的脚下——死了！

再看柳上月，还静坐在椅子上。汉奸走过去，推了一下，没动。用手放在他鼻子下一试——早没气了。不知什么时候，柳上月也死了。

那汉奸惊呆了。

后来，那汉奸把柳上月放到地上，替他展了展衣衫。

蝈蝈为什么鸣叫

○海　飞

　　天乐在地里扑到了一只蝈蝈，他把蝈蝈和蝈蝈身上的阳光露水一起装进了笼子。阳光很稀薄，穿着单衫的天乐觉得阳光像风一样钻进了他小小的身体。他的血液和骨头都欢叫了一下。在欢叫声中许老师穿着夹克衫的瘦小身影在脑子里一掠而过。

　　许老师说，天乐，把钱交上来吧，你都欠了那么久了。许老师狠狠地摔了一下课本，课本尖叫一声，在桌子上扬起了粉笔的灰尘。许老师的城里女朋友站在了不远的光影下，她在淡淡的阳光下很轻地笑了，说，你发什么火呀，有本事你别在这儿教书。

　　许老师挤出一个笑容，他的脸被阳光下的灰尘包围着。许老师的脸上长了许多青春痘，看上去他顶多就是一个大孩子。许老师搓着手说，你来了。你来了。你来了。许老师的意思是你终于来了。天乐知道，许老师的女朋友很久没来了，听说在闹分手。

　　天乐又扑到了一只蝈蝈。蝈蝈的叫声穿透了阳光，在田野里穿梭着。天乐扑了无数只蝈蝈，天乐搞不懂的是，蝈蝈为什么一天到晚老是鸣叫。

　　天乐把蝈蝈带回了家，装进了一只又一只的小笼子。天乐看着爷爷挑起了两大笼子的蝈蝈。爷爷走的时候回过头来，望着天乐。爷爷望了很久，微笑着，但是一句话也没有说。天乐也没说，他抬起头望着爷爷慈爱的目光。爷爷走了，爷爷要去城里把蝈蝈卖给城里的孩子们玩。天乐望着爷爷的背影，他突然觉得自己的九岁，是一个孤单的九岁。天乐失去了父母，和爷爷相依为命。天乐想，等爷爷从城里卖蝈蝈回来，就有钱了，就可以交上学费了。天乐不想让许老师太为难。

蝈蝈们和爷爷一起进了城。蝈蝈们的一部分被卖了出去，卖出去的时候，它们一如既往地兴奋地鸣叫着。蝈蝈们后来看到了城里的穿制服的人，他们是市容监察。蝈蝈们听不懂爷爷和穿制服的人在争什么，只看到笼子被监察没收了，被扔在地上，踩烂。然后，爷爷慢慢地蹲下身去，他的目光里只剩下绝望。阳光照着爷爷的头发，像一丛出没在城市丛林里的秋菊。爷爷不知道天乐正坐在门槛上，一言不发地等待着爷爷带着钱归来。他的目光里，含着这个春天的希望。

爷爷后来走到了天桥。他在天桥上站了好久，不远的地方，有一个年轻的扎了头发的男人在弹吉他，有许多人在往吉他男人的身边扔着零钱。爷爷慢慢地跪了下去，他听到膝盖的骨头落地时发出了清脆的声音。他慢慢地把花白的头低了下去。没有人明白他是为什么要钱，他只是在手里紧紧地抓着那一把零票。终于，一个个硬币落在了他的面前。然后，阳光西斜，一幢数十层的高楼上涂着金辉，夕阳在一寸寸逼近着爷爷。吉他男人站起了身子，他走到了爷爷的面前，他说，你怎么回事？爷爷说，我孙子要上学。吉他男人把一把零钱扔在了地上，一言不发地背着吉他走了。爷爷呆呆地望着吉他男人远去，他不小心流下的涎水和眼泪，一起在这个城市的黄昏，显得无比绵长。

天乐家昏暗的灯光下，爷爷和天乐兴奋地数着零票。那些蝈蝈的叫声，仍然在他们暗淡的记忆里回荡着。爷爷说，咱们有钱了。天乐说，咱们有钱了。天乐说，我不会再让许老师为难了。

清晨，是清的晨。明明灭灭的光线在教室里和朗读课文的声音一起缠绕。许老师出现在教室门口，他刚刚把城里女朋友送下山。因为赶路急，他的身上冒着蒸腾的热气。天乐慢慢站起身子，一步步走向教室门口。天乐很轻地说，许老师，我可以交学费了。

在教室门口的泥操场上，天乐把钱塞到了许老师手里。许老师笑了，他蹲下身子，目光刚好能和天乐平视。许老师捧住了天乐小小的脸，轻声地说，天乐，老师其实已经替你交上学费了，这些钱是从哪儿来的？天乐说，是我逮蝈蝈，让爷爷到城里去卖得来的钱。许老师笑了，一边笑一边有眼泪流下来，他慢慢地揽过天乐的身子。

同学们都挤到教室门口，他们一言不发地看着许老师奇怪地蹲着身子揽着天乐。他们看到许老师笑着流眼泪。他们不知道的是，许老师和女朋友分手了，因为女朋友劝许老师离开乡村破学校，而许老师不肯。许老师不肯，是因为他向当年曾经一直资助他上学的老教师有过承诺，像老教师一样，把根扎到这块山上的泥土里。

许老师站在讲台上，阳光斜斜地照在了许老师的半张年轻的娃娃脸上。许老师清了清嗓子，说，同学们，你们知道蝈蝈为什么鸣叫吗？大家都答不出来，只有天乐站了起来。他说，因为蝈蝈想要上学，蝈蝈鸣叫，是它在朗读课文。许老师点了一下头，说，答对了，请坐下。

远处的田野上，蝈蝈们又开始鸣叫……

绝缨会

○纪富强

一管竹笛，婉转悠扬，似从天际云端中生，又似从楼外驿道间来。在那个闷热的黄昏，就那么丝丝缕缕地撩拨着我寂寞无依的心。

"吧嗒""吧嗒"，随着一阵马蹄声的临近，笛声隐了。透过窗棂，我看见一个英俊少年独坐马上，左手持剑，右手执笛，襟袖翩翩，白衣胜雪。

他仰起头，用一双含笑的眸子捉住了我，惊疑中带着一些放肆。哈，又是一个被我美貌迷醉的男人。

可不知何故，这一次我脸上竟烧得厉害，胸口也"咚咚"地跳个不停……

不久，有个自称唐狡的人，只身来提亲，遭到父亲的拒绝。我隔窗一瞧，心急得差点跳出来——是他！

转身跑上阁楼，痴望唐狡的背影远去，我怅然若失。

不料，唐狡刚走，又有一个人经过我的窗前。这个人浑身血污，铠甲残损，发髻凌乱，布满血丝的一双大眼睛，似乎要撑出眼眶来，身下的赤鬃马一瘸一拐，狼狈不堪。

他的落魄，激起了我的好奇。我启窗张望，没想到正与他四目相对。

"姑娘，可否赠口水喝？"他粗犷的嗓音震得我耳朵生疼。我慌乱地指指楼下，让他去求我父母。

没想到这是我一生中犯的最致命的错误。

坐在昏暗的阁楼上，我能清晰地听到他地动山摇的大笑，和父母一连串唯唯诺诺的应答。

之后一天，突然有很多人携金带银闯进家里，把我用轿子一路抬进了郢都。原来，这个求水之人就是被斗越椒射伤了的楚庄王。

我成了楚王的一名嫔姬。可我却憎恨这个浑身是毛、敏感多疑的家伙！我的心早已许给了唐狡。只有他，才是第一个走进我心里的男人。

我以为这辈子再也见不到唐狡了，谁料在那座石桥附近，当所有人的目光，都集中在对射的养由基和斗越椒身上时，我却意外地发现了唐狡。是他，他就挺拔地站在浩荡的护国大军里，地位卑下，但气宇轩昂。

我试图一步一步靠近他，再看一眼他深邃的眸子。可他面对我灼热的目光，竟低下头片刻也不敢回视。我的心，彻底坠入冰窟。

斗越椒被养由基一箭射穿了头颅。楚王终于平定了叛乱，天下大赦。楚王急命各路将臣齐集郢城大殿，开怀痛饮，尽情笙歌。直到夜半风起，皎月高悬。

——终于，楚王让我这个举国最美的女人出场，为将士斟酒助兴。

这一刻，我等得好苦！我要亲口问一问唐狡，为什么迟迟不来娶我？为什么不敢正眼看着我的眼睛？

纤指微弓，莲步飘移，歌吟轻狂，笑靥彤红。大殿上所有男人都已为我痴狂。凡我过处，谁人不醉？

唐狡，你呢？抬起头来，正视我的眼睛！懦夫！你为什么不敢？我正要含泪质问，一阵夜风忽然吹灭了大殿所有的蜡烛。

天可怜见！此时，千言万语又怎抵得过片刻相拥？唐狡，抱紧我！我的拥抱就像撞击在一面冰冷的墙上。那堵厚重的墙，将我生生推出一个趔趄！伴随我摔倒跌碎的，是我那颗滚烫的心。

攥着手中不知如何扯下的一缕红缨，我说："大王，有人趁黑非礼我！

我扯下了他的盔缨，快点起蜡烛砍了他的脑袋！"

熟料，楚王听了，只是一阵狂笑："所有人都摘下盔顶红缨，为死去的将士干一杯！"黑暗中，铿铿锵锵，筹杯喧响。等烛光再次点亮，只见满地的红缨如血！

我双眼迷离。再看唐狡，他，竟颔首枯坐，像一尊冰冷的石头。我瘫倒在大殿之上……

两年以后，楚王倾兵攻郑，陷入重围，甚至已有人杀到了我的车侧。突然，一个人从斜刺里杀将出来，以一对十，锐不可当，只率领百十号兵甲，不但救出了楚王，且一直杀到了郑国城下。

望着那个熟悉而又陌生的身影，我能感到浑身的震颤。是他。只有那个曾在郢都大殿趁黑把我推出怀抱的人，才能如此勇猛！

楚王发誓重赏唐狡。我的心，却猛然像被一只大手攥紧了，生疼生疼。隔着帷幔，我抽出鞘中的匕首，放眼望去。

楚王发话："唐狡，你无论要什么，我都答应你！"唐狡连连叩首："大王息怒！我就是两年前在郢都大殿，非礼许姬的人！微臣无以回报，惟愿拼死效力！"

楚王听完，爆出一阵大笑。那声音在我听来，却抵不过我心头的一声轻叹。

揽镜自怜，我倾国容颜，毁于一旦。

短信时代

○金 波

　　我的女友小瓶子说我是个没长眼色的家伙，该献殷勤的时候，人不知死到哪里去了；不该献殷勤的时候，却把电话打了过去。其实，这也不全怪我。平时工作忙，难得相见一次，只能靠电话联络。可打电话也是瞅空儿，上班时间不许打，只能在休息时间打，这时十有八九又找不到她。晚上用公用电话打到她家里去，她又烦，因为我们的恋爱还处在地下阶段，弄不好打草惊蛇，惹得父母生气，所以说话也不着边际，三言两语就挂了。

　　后来，在我的赞助下，小瓶子买了一部手机，给她打电话可就方便多了。一瞅老板不在，我就悄悄打她的手机："小瓶子，吃了吗？""吃了。你呢？""也吃了……""喂，你有什么话就快点儿说呀，这可是双向收费。"我一着急，什么也说不出来了，只好说："没事，挂了吧。""天哪，你就不能说点儿别的吗？"

　　听到那一声怪嗔，我的脸刷地红了，我知道她说的"别的"是指什么。我很想说"我爱你"，我很想说"我想你"，可我笨嘴拙舌就是开不了口，特别是有同事在身边，我更不好意思说了。于是，女友又骂我是个没长脑子的家伙。

　　我预感到我们的头顶上正挂着一盏大红灯！

　　不久，我便有了情敌。那家伙比我帅，比我会说，还比我富有——居然也有一部手机。他随心所欲地用手机与小瓶子勾勾搭搭，花言巧语讨小瓶子高兴。小瓶子也与他聊得忘乎所以，一点儿也不嫌双向收费浪费，直到手机没电了才说"拜拜"。就这样，小瓶子便从我的视线里消失了。

唉，谁让我缺少竞争力呢？我决定再也不找女朋友了，集中精力上班，拼命挣钱。有了钱，第一件事就是买一部手机。

这下子可热闹了！一不小心，手机就响了起来，十有八九是短信，还有一次是误打。"那家伙长得像短信，走着走着就发了。你想知道他是谁吗？请拨打××……"这是声讯台在做生意呢，删了！"乔丹和姚明打起来了！想知道更多的体育新闻，请注册新闻随身看。"这是广告，删了！"想和一个年轻富婆见面吗？请直接与本号码联系。"骗人的，删了！"我他妈与你联系，你他妈爱理不理；我他妈心急如焚，你他妈笑笑嘻嘻；我他妈跳楼自杀，你他妈才来信息；我他妈刚好落地，你他妈回心转意。"哈哈，有意思！这是恶作剧，编得好，留着。……

就这样，天天收到短信息，想不看都不行！万一是哪位女同事看上了我，约我出去见面呢？不过，短信收多了，我也茅塞顿开，反正闲着也是闲着，何不也发发短信解解闷，又不是不会汉语拼音。我把那条"我他妈"的短信调出来，转发出去，发给谁呢？管他是谁，只管瞎按！伸开大拇指，滴滴滴……一口气按下11个数字，还真他妈发送成功了。

一天两天，没有回信。那家伙肯定生气了，不屑理我。你不理，我还发！我坏坏地想。给你说声对不起还不中吗？"如果你从此不看短信了，你就不用接受我的道歉——你有可能永远不看短信吗？所以，请接受我的道歉。"

一天两天，还是没有回信。那家伙一定是接受了我的道歉。既然不再生气了，那我还接着发，看你把我怎么着。一角钱一条，又不是发不起。

于是，上班前，我按了一行字发出去："早睡早起身体棒，多喝牛奶少吃糖。"中午休息，我又按了一则短信："同快乐和健康相比，金钱和名望都是粪土。"下雨前，我发："别淋着，宝贝！回去要喝姜汤。"周末了，我还发："用一分钟想想快乐，用一小时蹦蹦跳跳，用一天陪陪父母，用一生关心最爱的人。"

发了一个月，花去了我的百元话费，却像打了一串水漂。正打算换号码故技重演，手机异乎寻常地响起来了，是短信："呆子，你跳楼自杀没摔死呀。"妈呀！终于感动了人家，开了金口。一定是位小姐，因为只有女孩儿才喊自己的男朋友是"呆子"。好兆头！

我赶紧回："因为收到了你的短信，我又活回来了。"

"贫嘴！最近过得怎么样？"

"还好，就是太想你了。"

"我原谅你了！明天在金业路超市后面的大榕树下等我。"

哇！我就要与信友见面了。好爽！好晕！好心跳！好想死！一夜未合眼。第二天，我打扮得光光鲜鲜，准时去了。又怕对方是个骗子，抢我的手机，就东张西望盼望遇到个熟人暗中保护我。心想事成！哇，那不是前女友小瓶子吗？多日不见，越发好看了。对了，把她叫过来，一来暗中保护我，二来让她明白：我大罐子也会谈朋友啦！

"小瓶子，你来得正好！我和女朋友约会，你来参谋一下。"

"哇，好新鲜哟！你居然也有女朋友。她在哪里？"小瓶子挖苦说。

"喏，就在那棵大榕树下，一会儿就到。"

"什么？"小瓶子大吃一惊，"大罐子，你的手机号码是多少？"

"不知道吧！是139×××……"

小瓶子掏出自己的手机一检查，"啊"了一声，嘴巴张圆了："天啦，你好卑鄙，冒充我的男朋友！"

"莫名其妙，你连男朋友的手机号都不知道吗？"

"他一个月前得罪了我，我发誓不再理他，拒收他的电话。收到这些短信，我还以为他换了新号码呢。没想到让你占了个大便宜。"小瓶子撅着嘴说。

"哈哈，太神奇了。我随便按了一串号码，只觉得眼熟，也没想到会是你的。小瓶子，这可是缘分呀!"我欣喜若狂。

"大罐子，你平时不是挺笨嘴吗？怎么这样会体贴人呢!"小瓶子还是不相信。

"可我没用嘴，我用的是手呀。我的手可不笨!"

"好倒霉呀! 我怎么就甩不掉你呢?"小瓶子一头扑到我怀里。

大师的照片

○秦德龙

　　大师题写的"爱情摄影作品展"，在新疆开幕了。新疆是个盛产爱情的地方，大师将首展选在新疆，全国都轰动了。媒体一发布消息，到新疆旅游的客人都涌来了。游客中有个来自河南的老王。河南的老王，懂文墨，话也稠，站在展览馆门口，就与服务员拉呱上了。一拉呱，竟攀上了老乡。原来，服务员的老家也在河南，与老王家不远。攀上了老乡，门票就不用买了，小老乡把老王请进去了。

　　老王欣赏着大师题写的"爱情摄影作品展"，美滋滋地吹上了小口哨。吹的什么？《达坂城的姑娘》《在那遥远的地方》《花儿为什么这样红》《都达尔和玛莉雅》……还吹河南民歌"编、编、编花篮，编个花篮上南山……"大师拍摄的那些爱情画面是传神而动情的，老王不由得生发感慨，想起大师说过的一句话："平生最喜爱美女"。老王知道，敢说这话的人，是需要资格的。大师有资格说这种话，因为大师是国家级的艺术家、是国宝。而自己能有机会在新疆看到这么精美的爱情摄影展，也是难得的意外收获。

　　老王正在感叹，小老乡走了过来。小老乡悄悄问老王："想不想同大师合影？大师马上就到了！"

　　老王又惊又喜："想，当然想了！"

　　小老乡点点头，朝门口去了。须臾，大师红光满面地出现了，风采与照片上的一模一样！大师的前后左右簇拥着记者，长枪短炮，晃人目眩。老王呆呆地望着大师，不知该怎样凑上前去，怎么向大师开口。小老乡闪了出来，对大师耳语一番，然后，朝老王招招手。

嘿，就这么简单，老王站到了大师的身边。老王将自己的照相机交给小老乡，让小老乡给自己拍照。记者们也似乎明白了什么，长枪短炮哗哗哗闪了起来。

老王就有了一张值得珍藏的照片。

回到河南，老王时常把照片拿出来看看，笑笑。他很想给大师寄张照片。可是，往哪里寄呢？他不知道。他真的不知道大师在哪里。

机会终于来了。不久，大师显灵了。

老王从报纸上看到了一条消息，大师要到洛阳开讲堂了。老王激动得不能行，一大早就搭上车，往洛阳去了。摸到洛阳大讲堂，老王拿出照片，对服务生说："我是来给大师送照片的！"

服务生有些不大相信，看看老王，又看看照片，端详了许久。然后，把老王领进了讲堂，安排到了前排座椅上。老王暗喜，前排就坐，还省了100块钱门票！

时候不长，大师翩翩登场了。大师神采奕奕，记者前呼后拥，与在新疆时没啥两样。老王冲大师笑笑，大师也冲老王笑笑。老王明白，大师并没认出来他，他认得大师，大师不认得他。

老王在前排就坐，享受着贵宾待遇，美得不能行。他身板笔直地坐着，作洗耳恭听状，作好好学习状。来听大师演讲的人，几乎都是这种状态。这种状态，让大师很满意。大师纵论古今，横论中外，高屋建瓴，滔滔不绝。

大师的演讲，很精彩，倾倒了所有的听众。不断地有热烈的掌声响起来，势如破竹。老王也起劲地鼓掌，目的是要大师注意到他，以便适时地把照片送到大师的手上。

　　三个小时后，大师的演讲结束了。演讲一结束，就有人跑上前去，请大师签名，同大师合影。大师的身边，站出来个靓女。后来，老王才知道，她是大师的孙女兼秘书。

　　机不可失，失不再来。老王一个箭步蹿上讲台，蹿到了大师的孙女面前。老王举着照片，说自己是来给大师送照片的。大师的孙女接过照片，当即交给爷爷，并指了指老王。大师看看照片，欣喜异常地说："同志，你是专程从新疆过来的？专程跑来听我讲课的？"

　　老王充满激情地说："我家是河南的，上次到新疆旅游，很荣幸地同您合了影。这次，我来听您讲课，给您送照片！"

　　大师感动地说："多么好的同志啊！"又说，"你把照片给我了，你就没有了。来来来，我再同你照一张吧！"

　　老王知道大师在装憨。照片给大师了，老王怎么会没有了呢？可以加洗嘛。大师大智若愚的样子，越发显得可爱了。

　　闪光灯啪啪地闪了起来。

　　老王这次是有备而来的，特意带了一部更好的照相机。现在，这部相机掌握在大师的孙女手里，拍摄了精彩的瞬间。

　　老王的手里又有了一张同大师的合影。老王一共有两张同大师的合影了。老王向人们炫耀说："信不信，大师走到哪里，我都能同他说上话，合上影！"

　　老王不光在嘴上说，心也动了。心动什么？老王要去昆明了。报纸上说了，大师演讲的下一站是昆明。老王要到昆明去给大师送照片，送洛阳照的照片。老王相信，大师在昆明看到洛阳的照片，会更感动的。

　　老王已经规划好了。今后，不管大师走到哪里，他都要跟到哪里。目的只有一个，送照片，拍照片；再送照片，再拍照片……

　　这个美丽的想法，令老王激动不已。老王知道，大师也需要他，需要他这样的铁杆"粉丝"。

无声的法庭

○孙道荣

法庭里静悄悄的。一场调解，在无声中进行。这是一起离婚案，当事人双方都是聋哑人。法官不懂手语，一时又找不着哑语老师，法官想到了纸谈，幸好两个当事人都识字。

法官拿出纸笔。女的迫不及待在纸上写下几个大字：我要离婚！！！一连三个惊叹号，以示决心。男的一看，摇摇头，也在边上坚决地写了三个字：我同意。两个人都要离婚，事情似乎不难解决。

法官写：结婚几年了？男的写：8年。女的拿起笔，在"8"字上打了个叉，在旁边写下：10年。看到法官有些疑惑，女的又写：你瞧瞧，他就是这个死脑筋，我们领结婚证明明10年了，办仪式8年！

法官笑了笑，继续写：有孩子吗？

女的写：有个儿子，7岁，上小学一年级。想了想，又加了一句：法官，我儿子很可爱的。

法官笑笑：那儿子准备跟谁？女的毫不犹豫写：我。男的夺过笔，重重地写：儿子跟我！！！这次，男的加了三个感叹号。

女的急了，先是对着男的比画了一番，然后从男的手中抢过笔，急急地写：儿子一定要跟我，他从小就跟我，他离不开我！

法官心中有数了，看来儿子是焦点。法官重新拿起一张白纸，写：我能问一下吗，你们的儿子长得像谁？女的看看男的，男的瞅瞅女的，似乎都有点茫然：离婚跟儿子长得像谁，有关系吗？

男的写：像她。女的写：不对，像他。法官看看他，又看看她，到底像谁啊？男的写：儿子眼睛长得像她。女的写：儿子鼻子跟他的一模一样。男的写：儿子脾气像她，也是个急性子。女的写：还好意思说，你比我和儿子的性子更急。

法官拿起笔：那么，儿子跟你们俩谁亲？女的写：当然是我了，他的吃啊穿啊，都是我照顾的。男的写：其实，儿子跟我更亲，儿子特崇拜我。写完，男的脸不觉微微红了。

女的写：哼，我都不知道儿子怎么会喜欢你，你不就是每天早上带他爬爬山吗？小时候还到处扛着他跑。我呢，吃的穿的玩的用的，哪一样不是我给他准备的？把他带这么大，容易吗？女的眼圈忽然有点红，放下笔，转过身，偷偷抹了抹眼角。

法庭突然安静下来。女的又写：他很少跟我交流。想了想，又加了一句：哪怕是跟我吵吵架。法官看看女的——不知道他们怎么吵架。男的写：在外忙一天，累得要命，手都懒得抬，交流什么？法官写：那也不能冷淡了妻子啊。

男的，女的，法官，三个人在纸上，你写一句，我写一句。笔在三个人的手中传递。最后，法官写一句话给男的：如果儿子跟你，他就不能跟妈妈在一起了。又写了一句话给女的：如果儿子跟你，他就不能跟爸爸在一起了。

两个人互相看看，忽然同时摇摇头。女的写：那我们不离了？男的笑笑，拿起笔，在后面加了个大大的惊叹号。法官目送两人，对他们的背影说："走好啊！"这是法庭里唯一一句有声的话。

美人蕉

○王海椿

祝隐方是沭阳的一个穷画家。

他很怪，千草百卉，他独爱美人蕉，只画美人蕉。他笔下的美人蕉，或工笔，或写意，淡雅，娇艳，清逸，妩媚，信笔涂来，没有一幅相同的。

可是，因没有名气，他的画少有人问津。

他也不怨天尤人，觉得磨砺不够，自己的画确实少了点什么。水不到哪来渠成？

为了画美人蕉，他几乎变卖了所有家产，在桑墟镇买了块地，种了一大片美人蕉。种蕉，赏蕉，画蕉。

一天，桑墟镇来了两个卖美人蕉的男女，尽管祝隐方院前屋后已有不少美人蕉了，但他还是买了百余株。

这两个男女见祝隐方那么爱美人蕉，还是个画家，就主动帮他栽植。

眼看天色已晚，两人就要赶路，祝隐方说："如不嫌弃，就在此留宿吧。"他们商讨了一下，同意了。

祝隐方备上薄酒招待二人，闲谈中得知他们乃兄妹，哥哥叫陆尤离，妹妹叫陆尤纤，福建人，是种花世家，家里有大片蕉园。三人推杯换盏，不由越谈越投机。陆尤离说，南方此花盛多，生意难做，才来北方卖花。祝隐方说，山高路远，来往多有不便，不如就在此住下，我这尚有些空园，辟出一块来，专给你们种花去卖。

兄妹俩小声商讨了一会儿说，多谢祝兄盛情，只是怕多有打扰。

祝隐方说，哎，我画蕉，你们种蕉，都是同好，不必客气。我种蕉总不得法，正好跟你们一学，说不定我的画也因此多点灵气。

陆家兄妹就此住下。他们二人种花，祝隐方画花。

祝隐方有时画累了，就来旁边看他们兄妹种花，知道不少养花的讲究。兄妹俩闲了也会来看祝隐方画画。

尤纤还常帮祝隐方研墨展纸。

尤离远远看着，觉得真是相配的一对。

一日，尤离就把自己的想法对祝隐方说了。祝隐方因为落魄，至今尚未婚娶，对尤纤也甚有意，只是耻于开口。他说："令妹配我这个穷画家还有什么说的，只是怕委屈了她。"

尤离说，我的妹妹从小随我长大，性格温和，她的心思我懂，话由我来说。

果然尤纤那边没什么说的。就这样，定下了婚事。选了个吉日，祝隐方邀了村邻好友，摆了喜筵。

三个人的关系更亲密了。

有一次祝隐方正在作画，陆尤离要过他的笔，在一朵花上轻轻点了一下，整个画仿佛全活了，甚至隐约可闻花香。祝隐方说，没想到尤离兄也擅丹青，轻轻一笔就化腐朽为神奇。怪不得我的画无人赏识，原来缺的就是这种气韵！

尤离笑笑，并不作解释，只是说，贤兄过誉了。

后来，祝隐方的画拿到集市上去卖，市人争相购买。很快，祝隐方的声名就传出去了，连金陵、扬州都有人来向他求画。

祝隐方从此不愁衣食了，日子也丰润起来，闲下就和兄妹俩下棋聊天，喝酒品茗。

他和陆尤离都是好酒量，一斤不倒，二斤不醉。尤纤也能喝个五六两。三个人能喝掉五斤酒。

但尤纤总是不多饮，每次见他们两个喝得差不多就不让喝了。

有一次，尤纤出门去了，祝隐方为了试探尤离酒量，两人喝了五斤酒后，又悄悄续了五斤。结果两人都喝多了，祝隐方当场醉倒在桌旁。尤离回去的路上，摇摇晃晃，一个趔趄倒下，就没爬起。待尤纤发现，已变成一株美人蕉。尤纤不由得埋怨祝隐方把哥哥醉成这样，怕是他的劫数了。她坐在蕉旁，哭了一夜。

第二天祝隐方酒醒，忙去找陆尤离。尤纤把他带到尤离昨天晚上摔倒的地方，有一棵大美人蕉，连叶子都是红的。

尤离说你把我哥喝醉成这样，已坏了他的幻术了。

祝隐方这才明白，他们兄妹原是花仙啊！

祝隐方追悔莫及，喝酒时就坐在芭蕉旁边对着尤离说话。久而久之，这棵美人蕉散发出浓郁的酒气。

祝隐方六十多岁的时候，有一天夜里，尤纤翻来覆去睡不着，祝隐方追问其故，尤纤说，明天是我兄长的难日。

翌日，祝隐方去一看，那棵美人蕉全身都枯了。

祝隐方和尤纤在一大片蕉园中给尤离垒了一座坟，立了一块碑，上刻：

醉蕉。

母亲节的礼物

○徐慧芬

起风了，雨淅淅沥沥下了起来。

她再一次端详着镜中的自己，轻轻叹了口气，觉得唇膏有点浓了，又用纸巾擦了一遍。

"告诉我，旅人！前面可有金苹果？" 20 年前涂鸦的诗句一下子又在脑中响了起来。她的眼角似乎有点潮湿了。

当她准备开门出去的时候，却迎来了不期而至的女儿。

已经读了大学的女儿，仍是那么孩子气。片刻，唧唧喳喳的声音填满了一屋子。

"妈妈，你要出去吗？人家好容易挤了车子回来看你的！妈妈，今天是母亲节呀！母亲节就要和母亲在一起，对吗？嘻嘻，我可不愿让你出去……"

"妈妈没有出去呀。"她讪讪地说。"妈妈，你真好，给你吃个大苹果。妈妈，小月的爸爸给小月找了后妈，小月爸爸变得陌生了，小月不大愿意回去了……"

她的心 "咯噔" 一下。"妈妈，你给我翻开眼睛，我的眼里好像有粒沙子，哎哟，妈妈，你弄痛我了，眼睛可是最小气的呀！"

她的心又是 "咯噔" 一下。

丁零零，电话响了起来。她猜测，这是他的电话。她站了起来，女儿的手按住了她的手。"妈妈，不要去接，今天电话一概不接，温馨的世界，排除干扰，嘻嘻嘻……"

她的心跳了几跳，慢慢平静下来。"好的，妈妈不去接。"她望着女儿，笑了笑。

吃完苹果，说了些闲话，女儿先去睡了。她轻轻关了房门，坐在外间，拿起了织到一半的毛衣，线一点点扯开，她的思绪也慢慢散开。年轻的时候，爱得如火如荼，然而那人只将爱的火星，一个尚在腹中的女儿留给了她。而他一飞出去竟不再归来。她恨自己的轻信，因此她惩罚自己。十八年来，她拒绝了一次次机会与诱惑。只是在女儿进了大学住校后，她才试着接受了别人的介绍。

"会有金苹果吗?"跨出这一步后，这些日子里，她常常问自己。

她回味女儿刚才的话，她辨得出女儿的意思。18年来相依为命，女儿聪明、可爱、争气、听话。她不能委屈心爱的女儿。算了吧，这么些年都过去了，再过几年，将要退休，到那时，女儿大学毕业了，也要成家了，我呢，就安安心心地做个好外婆，捧着白白胖胖的小外孙……

想到这里，她心中的苦涩竟泛出了一点甜来。

丁零零!电话铃又一次不屈不挠地响了起来。她站了起来，又坐了下去。

她走进里屋，想看看女儿是否被铃声吵醒。

床上的女儿睡得正香，甜甜的笑容挂在苹果一样的脸上。一盏灯火照着桌上用信笺折成的一只小鸟。小鸟的翅膀上写着："妈妈收。"

她小心翼翼地展开了鸟的翅膀。

"亲爱的妈妈，原谅我刚才跟你开了个小小的玩笑。我的几句话把你吓着了吧? 不要害怕，我的好妈妈! 大胆地去寻找一个属于你的好人吧! 只是不要忘了考验考验他哟! 这两张音乐会的票是我排了队买来的，特地送给妈妈……"

窗外的雨悄悄停了，月亮露出了整个脸盘。她哭了。

操场边，那树合欢花

○非花非雾

上高中时学校有一个大操场，操场北边是一块空地，空地上有一棵高大的合欢。合欢的树冠如一柄大伞，叶子像极了含羞草。每到夏初，树上开满淡粉色的小伞样的花，操场一角就像被晕染上了胭脂。粉红的合欢花蛊惑着少女心中朦胧的爱，我的心中也浸染了一层胭脂色。

我的体育老师总在课外活动时间和同事们到操场打蓝球，他跑动在球场上的身姿是那样矫健。我站在树下，双眼一眨不眨地盯着他，心里打鼓一样地跳，双颊烧成一朵合欢花。

最爱上的是体育课，那时候可以靠他很近，听着他的口令是最大的享受。最喜爱的体育项目是跳马，高大健壮的体育老师会在边上保护我们，只要我们的动作稍有偏差，他就及时伸出有力的大手，稳稳地接住我们，给我们安全。为了多接近他，我故意做错几次，感受他手上的温暖。

上早操时，望着在操场中间指挥的他；上文化课时，偷偷从窗子望向操场，看上体育课的他；我把抒发情爱的诗抄了一大本，为他。那句古诗我整整抄了一百遍："山有木兮木有枝，心悦君兮君不知。"

我开始写信，每天一封，写给他。把自己生活中的点滴琐屑在信里向他倾诉。没有勇气发出的信把我的小木箱装得满满的。

夜里，我不止一次地梦到他。梦到他，就和他沿着一条开满合欢花的小路并肩走着，向太阳渐渐落下去的地方一直走……

70

为了能够和他并肩走在一起，我盼着自己快快长大，我拼命读书充实自己。

一年又一年过去，我心中一直开着操场边那一树合欢花。

20年后，我已为人妻为人母，是一大群学生的老师了。一次和老同学聚会，酒到半酣时，洗手回来的同学说体育老师就在隔壁，我们一起端着酒杯涌过去。

体育老师现在已是某个部门的主管。

坐在他身边，第一次这么近地打量他。依然那样高大挺拔，只是20年的岁月在他脸上刻下道道印迹。他已饮多了酒，脸上皮肤发松，眼里有了红血丝。当同学们起哄又一轮敬酒时，我看出他的力不从心。

想起当年对他刻骨铭心的暗恋，我心里发酸，眼睛不禁湿了。借着酒劲遮脸，我大声向他诉说当年的心事。他惊异地望着我，一点也不相信地说："不可能，不可能。我那时就记得你学习挺努力，无论如何也没想到你有这种想法。"

有个同学起哄说："当年您知道了，会怎么样？"

体育老师板起脸来："知道了，除了训她，就是批评她。"

我释然于怀，青春岁月中绽放的一树合欢花在眼前纷飞，坠落一地。

我举起杯子，先干三杯，然后敬我的体育老师。为了当年的"心悦君兮君不知"，为了现在的豁然开朗，天宽地阔。

我把自己灌醉了，我的体育老师也醉了，我扶着他走出酒店，招手叫来等在门口的出租车，目送他离去。然后我拿出手机，拨了老公的号码……这晚我又腾云驾雾，飞到了中学时的操场，操场的合欢树正是开花时节，朵朵粉色的小伞如轻雾如红霞，开得让人心尖打颤。在漫天飞花的小路上，不再有体育老师的身影了。

八百米深处

○侯发山

八百米深处，一群采煤工人。他们除了头上的矿灯外，身上只穿了一条短裤，其余裸露的部分被煤粉和汗水弄得花花搭搭的，似妖非妖似怪非怪，开口说话时才露出一口洁白的牙齿。由于疲惫，他们很少说话，而是配合默契地干着各自的工作：有的用钎子从煤层上撬煤，有的用铁锨往罐车里装煤……忽然，一阵地动山摇震耳欲聋的声音传来，他们手忙脚乱尖叫起来。旋即看到一股尘烟从巷道口弥漫过来。他们明白不是瓦斯爆炸后，但脸上还是充满了惊恐，因为这是巷道冒顶，有可能把他们的出路堵死了。

他们这个采煤班共九个人，年龄最大的 42 岁，年龄最小的 20 岁，谁都不愿死啊。几个人跌跌撞撞朝巷道冒顶的地方奔去，似乎逃生的路就在那里。"不要命了？都他妈别动！"老黑一声断喝，他们都站在原地没动，不知所措地看着他。老黑不但是这个班的班长，而且有着十几年的工龄，经验比他们丰富。老黑等了片刻，巷道冒顶的地方没再出现大的动静，他才缓了口气说："都坐下别动，保存精力要紧……我过去看看。"说罢老黑深一脚浅一脚地朝着塌方的巷口走去。

有一泡屎的工夫，老黑阴沉着脸回来了。大伙儿看了老黑一眼，都绝望了。有人不甘心地问了一句："堵死了？"老黑点点头。那人又说："咱们不能等死，这里有工具，咱们从里往外挖……"老黑瞪了说话的人一眼，说："现在外面乱成了一锅粥，大家肯定在组织力量营救，咱们不能再耗费体力了……"凭借多年的经验，老黑心里明白，他们现在面临的最大问题是缺少氧气，井下的空气最多还能让他们活 4 个小时！为了让大家不去做无谓的牺牲，让他们在这有限的时间内写写遗书什么的，老黑把危险告诉了他们。他们骚动了一阵反倒冷静下来，唉声叹气命运的不济……没有笔没有纸，有的干脆抓起石块在安全帽上面给亲人留言。

这时老黑发现那个年龄最小的小伙子死死盯着自己的手表，稚气的脸上有了死亡的气息。老黑这才注意到，他们班里就小伙子一个人戴着表。老黑来不及多想，就武断地把表要过来，由他每半个小时给大家通报一次。当第一个半小时过去后，老黑故做轻松地说："过去了半个小时。"话是这样说，老黑心里却刀割般难受，因为他们离死亡又近了半个小时，他这是在残忍地给大家通报死亡线的逼近啊！

第二个半个小时来到时，老黑没有说话，他不忍心去说，他不想让大家死得那么痛苦。又过了 20 分钟，他趁大家不注意，悄悄把表的分针往回拨了四格，才强打起精神，说："又一个半小时……现在是一个小时了。""还有 3 个小时呢。"有人自言自语地嘀咕道。除了老黑，大家也都认为时间过了一个小时。老黑心里清楚，时间已经过去 1 个小时 20 分钟了。

就这样，每过去 40 分钟，老黑就趁大家不注意，悄悄把表的分针往回拨两格，然后跟大家说是 30 分钟。工友们相信他，没有一个人怀疑时间过得缓慢，都东倒西歪在地上静静地等待着。时间越来越少了，老黑十分恐慌，似乎感到呼吸越来越困难，但他并没把紧张和焦虑的迹象表现出来……

事故发生 5 个小时后，救援人员终于打通堵死的巷道进来了！遇难的九名矿工被迅速抬出地面，令医护人员惊奇的是，这九个人中竟有八人还活着，只死了一个人——就是手里攥着手表的老黑！在场的人发现，那只完好无损的手表所显示的时间比北京时间整整慢了 1 个小时 20 分钟！

雪上的舞蹈

○魏永贵

那个下午美惠一直趴在窗前。

美惠的眼睛一刻不停地看着窗外的风景。

其实现在窗外的风景十分单调，天地一片洁白。其实即使有美丽的景致，现在的美惠也根本无心欣赏。雪越下越大。雪下得天昏地暗。以前河水一样穿梭往来的车流人流现在似乎也被冻僵了，影子也没有。

美惠，别趴那儿，窗台太凉了，他不会来的。妈妈走到美惠的房间，提醒说。

不，他说过一定来的，说好下午三点准时出现的，现在离三点还有十几分钟呢。美惠头也不回，继续看着窗外。

妈妈轻轻拍了一下美惠：你这傻孩子，他说两点，可你们约时间的时候没有想到会下这么大的雪呀。今天连公交车出租车也停了，他能飞来啊？

美惠调皮地一笑：他昨天说过的，就是天上下刀子他也会来。现在是下雪，不是下刀子呢。美惠又把头扭向了窗外。

美惠是在网上和他认识的。美惠平时是很少上网的，只是在两周一休的空当妈妈才给她一个小时的上网时间。读高三的美惠过了春节就要向高考冲刺。跟班上其他同学比，美惠已经够幸运了。

美惠妈妈对美惠的"宽容"是有原因的。妈妈对美惠一直怀着歉疚。

美惠三岁的时候在一个下雪天摔了一跤，骨折了，因为复位不好，留下了后遗症。从此，左腿和右腿的步幅就不能一致，有一些轻度的瘸。而且每到阴雨天，特别是下雪寒冷的时候，左腿的伤处像有许多蚂蚁在咬，隐隐地疼。后来大了，上学了，美惠发现自己和别人不一样，就慢慢变得沉默寡言了。上了高中以后，爱美的美惠有时候偷偷一个人躲在屋子里哭泣。

美惠讨厌冬天，可她同样害怕夏天。夏天里同学们都穿上五颜六色的连衣裙，亭亭玉立，而她穿上连衣裙，走起路来就有些滑稽，所以只能在房间镜子面前穿。

孤僻自卑的美惠封闭了自己。当她提出买一台电脑的时候，妈妈立即同意了。妈妈说：我相信我们聪明美丽的美惠能够把握好自己。美惠笑着说：妈妈，你拐弯抹角的，不就是怕我网恋吗，谁有你想的那么复杂。

"美惠"给自己取了一个叫"厌雪公主"的网名。在网上冲浪不久，她就和一个叫"雪上飞"的家伙对上了话。

雪上飞说：你不是"厌雪"，是厌学吧。

美惠说：不，我的确讨厌雪，是一场雪把我几乎变成了一个身体有缺陷的人。

聪明的美惠回避了"残疾"两个字。

雪上飞说：这有什么，身体有缺陷，可以用生命的精彩来弥补。如果因为身体缺陷最终导致思想缺陷，那样的生命才是真正的可悲呢。

美惠马上回敬雪上飞：哼，你在背诵谁的哲理散文呢，你怎么能体会我的痛苦。你叫"雪上飞"，你一定喜欢雪吧？

"雪上飞"说：对，我喜欢雪的洁白，雪的博大宽厚包容。我喜欢在飘着雪花的时候翩翩起舞，让自己的身体和灵魂随雪花一起飞舞，所以我给自己取了"雪上飞"这样一个美丽又富有诗意的名字！

"雪上飞"的乐观和风趣，感染了美惠。美惠感到很快乐。几次交流，美惠知道"雪上飞"也是一个高三的学生，住在城市的西区。后来她还知道，在不久前，"雪上飞"还获得了学校组织的冰舞比赛冠军，那个节目是他自编自演的，名字就叫《雪上飞》。

昨天晚上，他们又在网络上"遭遇"了。"舌战"了一番后，美惠说：雪上飞，明天让我欣赏欣赏你的获奖作品《雪上飞》吧。美惠只是调侃而已，没想到"雪上飞"一口答应了：好啊，我正想出门呼吸几口新鲜空气呢，时间，地点，你定！

美惠一下慌了，她只是随口说说，再说，还没有跟妈妈汇报，不能随便决定，而且，最主要的是，自己的这个样子，会不会吓跑了他？网上不是流行"见光死"吗，真要让他失望了不就失去了一个好朋友吗？

美惠半天没有回音，"雪上飞"大概看出了她的犹豫。"雪上飞"说：怎么，"厌雪公主"怕被人拐骗了？你说个地方，你只在窗口看一眼，可以吗？

美惠觉得"雪上飞"的想法很浪漫，而且，也不需要面对面接触，避免第一次见面的尴尬。于是，他们约定了今天这个"特别"的约会。美惠家对面就是一个小广场，广场中央有一个雕塑。"雪上飞"说好下午三点整就在雕塑旁边准时出现。下线的时候美惠说：明天可能会有雪呀。"雪上飞"说：你忘了我的名字就叫"雪上飞"呢。

没有想到真下雪了。而且下得这么大。

美惠，三点到了，他不会来了，除非他能飞过来。妈妈又走到美惠房间来了。美惠笑着说：妈妈，你说对了，他的名字就叫"雪上飞"，他还获过冰舞表演冠军呢！

就在美惠和妈妈说话的时候，窗外的大雪中，渐渐出现了一个身影，直接滑到了广场中央的雕塑旁。美惠看见了，妈妈看见了！

妈妈，是他，是他！

美惠激动地喊了起来。

那个身影顶着洁白的雪花，忽然翩翩舞起来了。那样轻盈，刚毅。纷飞的雪，成了美妙绝伦的舞台背景。

挤在窗口的美惠闪着泪花。

妈妈的眼睛也湿润了。

那个雪中欢快飘逸的舞者，在雪地上划出了一道道优美的生命曲线，用他身下那张轻巧的轮椅！

机　智

○王培静

本市皇家酒店内，喜气满堂，笑声不断，这里正在举行一场豪华的婚礼。

新娘穿着拖地的白纱礼服，头戴皇冠，犹如仙女下凡；新郎身材魁梧，英气逼人，一身白色西装和一架金丝眼镜，更衬托出他的儒雅和富贵。

浪漫的《婚礼进行曲》中，司仪声音洪亮地高喊：各位来宾，各位朋友，让我们以热烈的掌声，欢迎新郎、新娘闪亮登场！

一对新人踏着红地毯向主席台款款走去，全场响起响亮的掌声和惊呼声，许多年轻人因位置的视角问题，不由自主地站了起来。

婚礼在司仪的引领下渐入高潮，新郎官介绍恋爱经过时，不时深情地看一眼身边的美丽新娘，新娘听着新郎动情的话语，流下了幸福的眼泪。突然，门口传来了喧哗声，大家的目光转移了方向，只见一个披头散发的女人，嘴里不干不净地喊着什么，冲向主席台。

看到这一幕，新郎脸上闪过一丝惊慌。新娘的眼泪也停止了流淌。司仪脸上的汗，噼噼啪啪地向下掉。

说时迟，那时快，两个酒店保安见势不妙，跑上来一左一右架住女人，转身向外拖去。那女人依然大喊大叫着，不肯向外走。

见两个保安把那个女人拖走后，司仪看了眼身边的一对新人，又扫了眼台下，使劲咳了两声，颤声说：各位来宾，各位朋友，一对新人，让你们受惊了。不好意思，刚才这位，她是我老婆。昨天我也主持了一个婚礼，晚上外地来个朋友，喝多了没回家，她是担心我兜里有钱，怕我犯错误，找我要钱来了。

司仪停了停，眨巴眨巴眼睛，这个大节，带上今天，这是我主持的第六场婚礼了，同志们，我这样没白没夜地干，我容易吗？司仪抬头向门口望了一眼，向着门口说，老婆，都是我不对，今天晚上我一起向你交账，保证一分钱不带少的。他回头悄声对新郎说，兄弟，将来可别混成我这么惨。

全场的气氛一下子轻松了许多，不少人笑出了声。

新娘小声抱怨司仪，你怎么搞的，让你爱人到人家婚礼上来闹，多不吉利。

新郎附和道，大喜的日子，让你搞成这样，我要向你们公司投诉你。

对不起，实在对不起，我甘愿接受公司任何处罚。

司仪重抬笑脸，向着台上台下说，好，婚礼继续进行，请新郎向新娘正式求婚……

事后，新郎不但没有追究司仪的"失误"向司仪的公司告状，反而单独宴请了司仪，感谢他的果断处理，避免了尴尬和可能发生的一些事情。

BB 豆奶

○ 白旭初

S 公司投入巨资开发的新产品 BB 豆奶，经有关部门鉴定，无论是色香味、营养价值，还是卫生指标均堪称上乘。但上市后却遭冷遇。总经理王戈责怪销售部经理老陈工作不力，没有打开市场。老陈十分委屈，说在电视上报纸上都做了广告，算是家喻户晓了，消费者不敢问津，我认为是 BB 豆奶价格高了。

王戈很反感这样的评价，语气生硬地说，一分货一分价，不赚钱，你我去喝西北风？

翌日，王戈总经理去省城开会，临行前又对老陈说，限你一周之内打开销路，否则，我另请高明！

端别人的碗，受别人管。老陈只得忍气吞声连连说是是是。

老陈使出浑身解数，除继续在电视上报纸上加大广告宣传力度外，还天南海北地打电话，发邮件，恳求老客户高抬贵手，拉他一把。广告费、电话费花了不少，但毫无收效，客户们均以市场疲软，各类食品已大量积压而拒绝 BB 豆奶。

一转眼，三天时间过去了，老陈仍没有找到打开销路的良策。凭心而论，老陈是舍不得离开月薪 5000 元的销售部经理职位的，何况年终还有丰厚的红包呢！BB 豆奶保质期很短，眼看第一批产品要过期了，老陈心急如焚。他思前想后，决定变守株待兔为主动出击。主意一定，一辆装满 BB

豆奶的双排座货车就开到大街上。车箱两边挂着红布白字的宣传横幅，斗大的"BB豆奶"几个字十分夺目。老陈和几个销售人员手执便携式扩音器不歇声地说着BB豆奶如何如何好之类的话。围观者众多，问价者也不少，但都嫌贵，不买。几个嘴馋的小孩嚷着要喝，大人却说，都不买，买啥？硬拽着把小孩拉走了。小孩恋恋不舍，大哭。老陈被小孩们的表现感动了。老陈只恨自己不是总经理，这BB豆奶不是自己的。要不，他真会送一些给小孩们品尝。

一连几天，老陈都带领销售人员上街，但仍无法煽动起市民的购买欲望。

这天是星期天，也是王戈总经理回公司的日子。老陈不顾销售人员的埋怨和反对，又吩咐把装满BB豆奶的货车开到大街上。他知道这样做是徒劳，但他想让王戈看到他老陈为销售BB豆奶是费了心尽了力的。他实在是不愿离开S公司。

王戈总经理一回公司，就派人把正在大街上吆喝买卖的老陈叫到办公室，劈脸就对老陈一顿喝斥，你沿街叫卖，岂不是往本公司脸上抹屎吗？BB豆奶是新产品，不是处理货！把老陈训得只差寻个地缝钻进去。最后，王戈用不容商量的口气说，我正式通知你，你被解雇了。被你拉到大街上丢人现眼的BB豆奶也别拉回了，就算这个月我给你的工资和奖金吧！

老陈没料到王戈会如此绝情，他气愤至极，真想把这车BB豆奶扔进臭水河。他转念一想，我留着也喝不了，卖又卖不掉，何不送给小朋友们喝了算了。再者，BB豆奶无人要免费送人喝，看你S公司还有没面子？看你王戈还神气不！

BB豆奶不要钱，白喝！小朋友每人一瓶！老陈一吆喝，这消息便长了翅膀。这天，有数不清的小孩喝到了BB豆奶。

老陈觉得出了一口恶气。

　　令老陈万万没有想到的是，第三天王戈总经理就亲自登门，要他继续担任销售部经理，并许诺每月再增加工资1000元。王戈总经理称赞老陈的"欲擒故纵"销售法，使BB豆奶成为市场抢手货，受到小朋友的青睐。

　　老陈迷糊了，他怎么也不相信这是真的。

惊慌·惊愕

○饶建中

这是一堂语文课。

课文是一篇小小说。

小小说里写的是在某堂语文课里，学生们发现语文老师讲课中出现了错误，但都不敢做声，只是惊慌地望着老师，最后还是一位大胆的学生勇敢地提出来了。

讲台上的语文老师绘声绘色地朗读完这篇小小说后，他记起在师范学院读书时，语文老师着重强调，给学生分析课文首先要抓住文中的关键句子，关键句子中又要抓住最准确的字词。于是他滔滔不绝地讲述这篇小小说在描写学生知道老师有错却不敢言的心理状况时，作者为什么要用惊慌而不能用其他的词，比如：惊愕。他说："这篇小小说的一个重要特点是作者造句规范，用词准确。为何作者不用'惊愕'而用'惊慌'呢？我们不妨来分析一下这两个词的异同点。'惊慌'和'惊愕'都是形容词，它们有共同的语素'惊'，都可以表示吃惊的意思，即由于突然的刺激而精神紧张；但这两个词的主要差别在于词义的侧重点不同。'惊慌'着重在'慌'，表示心中恐惧不安，因而言行失常，不知怎么办才好；而'惊愕'着重于'愕'，表示失神、发呆，一瞬间停止了思想和行动似的。此外，在构词能力方面，'惊慌'可以构成成语'惊慌失措''惊慌不安'；'惊愕'则不能。"

学生们认真地听着，虔诚地记笔记。

老师越讲越带劲，极度兴奋："所以，今后同学们写作文，一定要向本文作者学习，在遣词造句上狠下工夫，这样才能逐渐提高自己的作文水平。"

学生们像鸡啄米似的连连点头。

突然，一位学生举起了手。

"耿强同学有什么事，请讲。"老师停住了讲课。

耿强端着书站了起来，说："老师，这里不是用'惊慌'，而是应该用'惊愕'。"

"怎么，讲了一节课你还没听懂?"老师不太高兴地说。

"老师你讲错了。"

"我讲错了什么?"

"课文后面有个'勘误'。"

老师和同学们迅速翻到了课本的最后一页，当真有个勘误："因印刷错误，原文'惊慌'应为'惊愕'。特向作者和读者致歉!"

老师显得十分惊慌!

学生们则显得十分惊愕!

怪　菊

○汝荣兴

　　魏老是个画家，魏老画的菊花，曾让许多人想从纸上折下来插在花瓶里。

　　然而，面对岁月这面镜子，魏老却忍不住常要如此感慨："唉，廉颇老矣！"

　　魏老确实已老了。不提别的，就说魏老这手吧，当年是何等的有力和灵活，一提肘，一转腕，刷刷刷几下，就会有一朵形神毕肖的菊花跃然纸上；而如今，这手却总是不听使唤，一拿起笔，便会有千斤重的感觉，且老是簌簌地抖个不停。

　　可就是在这样的情况下，上门来索画的还是应接不暇。你听，这个说："魏老，您就赏个面子吧！"那个道："魏老，我专程前来，您就忍心叫我空手而归么？"

　　魏老是个很重感情的人，人们的真诚终于把他的心给说软了。于是，他也就顾不得手软，抖抖索索地铺开纸，提起笔，然后便吃力地画起他的菊花来……当然，好不容易画完之后，魏老总忘不了要关照索画人一句："请记住，此画只作纪念，万不可示人。"

　　一天，有个一手拿着"某某文化艺术开发公司经理"的名片，一手攥着张由魏老的一位朋友写的纸条的年轻人，登门来求魏老作画。当然，朋友的面子是一定要给的。只是，就在那朵菊花差不多要完成了的时候，随着一个喷嚏的到来，魏老提笔的手一颤，一大滴浓墨便落在了纸上。对此，魏老不由苦苦一笑，然后索性又在那圆圆的墨滴四周添了几根线条，画成自己三岁的孙子笔下的太阳模样，并对年轻人道："对不起，此画作废了，待我稍事休息，再给你……"

可那年轻人却不忍心再有劳魏老似的，一边自作主张地拿过魏老的印章往画上按去，一边说："不麻烦了不麻烦了。"然后卷起那画就走了。

对此，魏老心里一直很是过意不去，就像欠了那年轻人一笔债似的。

后来的一天，有一当年的学生来看望魏老，见了面便说："老师真是宝刀不老啊，您不久前所作的《怪菊》，已在市场上被炒到五万美金了呢！"

魏老却很莫名其妙："什么《怪菊》？"

学生于是就拿出来一张照片。魏老看后不禁一怔：所谓《怪菊》，竟是那天给年轻人所作的废画呢！

这时，魏老便不仅手在发抖，连心也抖了起来。于是，深深地吸了一口气后，魏老便吩咐学生："去，无论什么价，你务必给我把那幅画买回来！"

后来，魏老就一把火将这幅使他落了一屁股债的《怪菊》给烧了。然后，魏老在自己的房门上贴了这样一张字条："在下之艺术水准，已如三岁孩童，故请各方人士万勿打扰。"

魏老从此封笔。

碗　殇

○ 阎耀明

当时老五并没有想到这个不同寻常的秋日的傍晚对于他来说有多么重要，落日的余晖中他挖土的动作看上去很是漫不经心。街面上不时有村里人走过，与他高声说着趣话。

后来据老五讲，他的手推车上已经装满了土，他是在挖最后一锹土时出的事。

当然是好事，老五从地下挖出了一只瓷碗。

假如这是一只普通的碗就不会有后面的事情发生，而当老五用手擦去碗上的泥土仔细端详时，他仍然没有意识到他挖到的是一只不多见的瓷碗，它的生产时间在元代，是一件文物。当村主任老乔和他的儿子乔老师嚓嚓地走过来并兴奋地判断这是一件文物时，老五的脸上出现的是与吃惊和欣喜关系密切的一种笑容。他像捧着自己的性命一样小心翼翼地将碗捧回屋子，一时间，他颇有些惊慌失措，不知做些什么心中才会平稳。

这天夜里，老五几乎彻夜未眠。他知道这文物属于国家，他必须将碗献到县文物馆去。但他也知道，国家在接受他献出的文物时不会没有任何表示，一般要发给当事人一至两万元的奖金。也就是说，老五在无意之中小小地发了一笔财。由于兴奋，他失去了原本十分正常的睡眠。

第二天一早，乔主任就上门来与他商量到县里去献文物的事。老五拍着胸喜喜地说，文物属于国家，咱理应献出来。老五的话让乔主任高兴了好一阵，不停地夸老五觉悟高。同时，乔主任也提出了一个请求，就是把挖到和献出文物的人说成是他的儿子乔老师，这对乔老师晋升高级教师的资格大有益处。但政府给多少奖金一分不少地照样归老五。老五考虑到平日里自己在诸多方面得到乔主任的照顾，这样做也算是对乔主任的报答，况且奖金自己并不少拿，于是，他爽爽地点了点头。

就在乔主任去找车要与老五一同去县城的时候，乡里的小轿车"吱"地发出一声脆响停在了老五的面前，乡长从车里钻了出来。乡长常往村子里跑，老五就与乡长很熟悉。乡长是在下乡时听到消息赶来找老五的。老五在让乡长看过瓷碗之后，同样喜喜地说他准备将碗献到县文物馆去。乡长十分高兴，当即表示他明天一早来接老五，坐他的轿车到县里去献文物。这可是咱乡的光荣啊。乡长的话不容怀疑，因为乡长说话历来是算数的。但老五不能不就此提出异议，因为乔主任已经去找车了。

乡长听了老五的话很气愤，他说，这个老乔，咋能这么干呢？你不用听他的，把文物保护好，明天一早我带车来接你。说完，乡长头也不回地走了，丢下愣愣的老五在那儿直直地站了好一阵。

乡长说话的确是算数的。第二天一大早，乡长的轿车果然带着一线土尘一直开到老五家大门口。然而此时呈现在乡长面前的却是老五那张比哭还要难看的老脸，他眼中的血丝和倦意明白无误地告诉乡长他昨夜又是彻夜未眠。他举着自己的左手，手背上包裹着的破布中渗出片片血迹。他从衣兜里拿出一把破碎的瓷片递给乡长看，乡长，我不小心打碎了瓷碗，把手也扎了。老五的话弯弯曲曲地走了形，听上去很不顺畅。

乡长走了。乡长走的时候很失望。乡长失望的眼神使老五的心翻过来又翻过去像入了油锅一样难受。

没几天，老五割破的左手背便红肿得像一个馒头，还伴有低烧。乡卫生院一刻也没有耽误，派车把老五送到了县医院。然而一切都已经晚了，大夫说老五的血已经不行了。

老五死去时正值初冬的第一场雪降临，当一切都变得银白时，老五的眼前却是夜一般黑暗，他永远地失去了感知这个世界的能力。

头汤面

○ 邵孤城

江南人吃面，面条都一样，是机器里轧的，但"浇头"则名目繁多，葱煎大排、五香鳝鱼、爆鱼块、油焖虾、炒三鲜……做出些名头的，如庆丰园，成了一块响当当的招牌。

也有单做一样"浇头"的，比如羊肉面。

羊肉面制作工艺相对复杂，主要是羊肉的加工过程。羊选壮山羊，灶须老虎灶，头煮一遍，加葱姜白萝卜去臊，火力先猛后文，让汤中吃进肉鲜，炖到骨酥肉糜加桂皮、茴香等香料二煮，二煮火力先文后猛，让香味融入肉中。

苏州一地，以藏书、双凤两家的羊肉面最为出名。羊吃百草，羊肉性温热，民间认为只宜冬令食补，其余三季则会增邪火、伤心脾，于身体无益。从冬至到立春，各家羊肉面馆陆陆续续在各乡各镇开张，一交春分，立即消失得无影无踪。

相比之下，浒浦羊庄是个特例。

偏安于虞城小镇的浒浦羊庄独此一家，别无分号，却是家不折不扣的百年老店。和其他羊肉面馆不同的是，浒浦羊庄不拘时令，四季常开。食客们都知道，浒浦羊庄熬的是"百草汤"，这"百草汤"健脾养胃，专辟寒邪。因此，浒浦羊庄四季门庭若市。

这是解放前的事情，那时浒浦羊庄当家的姓胡，叫胡得柱。浒浦羊庄传到他这儿，已经是第四代，从制作工艺到"百草汤"配方基本上都集大成于一身。胡得柱临终前将羊庄生意交到独子胡凌风手上时，恰逢乱世，胡凌风又是个纨绔子弟，老子在的时候羊庄还能勉强维持，老子一撒手，也就只差一口气了，挣来的钱，也多半给胡凌风祭了大烟。

胡凌风常以正统自居，对藏书、双凤面馆指手画脚，还大言不惭地放下话来："那些家面馆，支起了灶头，谁都能开起来。有谁敢出去再开一家浒浦羊庄？那就是庆丰园的下场！"

庆丰园的掌柜曹清才看好浒浦羊庄的特色，几次三番带上厚礼希望合作，却被胡得柱拒于千里之外。胡得柱手下有个伙计，深得胡得柱的器重，胡凌风当家后经营不善，他只能另谋生路去了。曹清才闻得这个消息，立马重金相聘，在庆丰园挂出"浒浦羊肉大面"招徕吃客。开初的时候，生意还好，隔几天就门可罗雀了。一问，竟说庆丰园是挂羊头卖狗肉，吃来吃去，没吃出一点儿浒浦羊庄的味道。

胡凌风再怎么把这番话翻来覆去地说，也摆脱不了生意上一落千丈的厄运。浒浦羊庄这块牌子重新响亮起来，已是他的女儿胡可盈出落得亭亭玉立能站灶头的时候了。有人说，浒浦羊庄能重新叫响，一半是托了祖宗福荫，一半是胡可盈这丫头长得俊俏、招人。

十七八岁的胡可盈往羊庄里一站，能生生让过路的客人刹住脚拐进来喝碗羊肉汤。胡凌风这个时候已经不露面了，偶尔从里间能听到他急促的咳嗽声。但是，"百草汤"是必经他手熬的，丝毫不能有半点儿差错。羊庄里还有个伙计，是浒浦乡下羊倌家的孩子，小名青皮，人生得木讷，叫一叫动一动，胡凌风就看中了他的老实。

吃客中，有讲究的。城里不知谁家的一位年轻少爷，开着车，几乎天天都赶来吃头汤面。每天早上天蒙蒙亮，青皮还蒙胧着睡眼往灶堂里填柴的时候，少爷就来了，安静地坐在那里，看着水烧开，看着身段袅娜的胡可盈下面条。头汤面清爽，吃着不腻，少爷还特挑，免青、免红，滴一线麻油，切一盘羊肉，偶尔还会要一壶花雕。少爷吃完的时候，羊庄里生意也就差不多开场了，他也不急着走，还要和一些相熟的客人聊会儿山海经，不时就拿余光去瞟一眼在灶上忙碌的胡可盈，胡可盈的脸刷一下就红了。

有一天下雨，羊倌家出了点儿事，青皮告假回了家，就胡可盈一人在羊庄里忙前忙后。少爷"嘀嘀嘀"开着车来了。店里就他们两人，开始的时候，少爷还规矩地坐着，慢慢眼光就异样了，他绕到胡可盈身后，一把抱住了她。胡可盈脸涨得通红，又不敢声张，只是紧紧抓住他的手，少爷劲大，手直往胡可盈的衣服里钻，不知所措的胡可盈回头就在少爷脸上掴了一掌。少爷愣在了那里。

胡可盈低着头，小声地说："你若真想要我，就托个保媒的人来！"

少爷顿时欣喜若狂，冷不防在胡可盈脸上啄了一下，面也顾不上吃，开上车"嘀嘀嘀"跑了。

第二天少爷没来，却来了庆丰园的老板曹清才。他这次不是来谈合作的，却是为儿子来提亲的。胡可盈这才慌了手脚！

胡凌风不松口，胡可盈也咬住不放，父女僵持了个把月，胡凌风先败下阵来。

胡凌风有个条件，就是胡可盈不得将浒浦羊肉大面和"百草汤"配方带入庆丰园。

胡可盈出嫁那天，胡凌风正式收青皮做了义子，对外宣布是浒浦羊庄第六代传人，也有个条件，就是青皮得为胡凌风养老送终。

如今，浒浦羊庄也像藏书、双凤面馆一样遍地开花了，只是一交春分，同样也消失得无影无踪。当年浒浦镇上那家老字号，除了那口硕大的老虎灶还在，也早就物是人非了。

倒是庆丰园，成了全虞城浒浦羊肉大面的唯一正宗，不拘时令，天天宾客盈门。

白狗精

○ 申　平

这个故事听起来有点玄。

一个木匠去一财东家干活，打家具，意外地发现了一个秘密，使他险些丧命。

木匠进门时就觉着东家那条白狗有点不对劲。这真是一条白狗，全身上下雪一样找不到一根杂毛，它又很乖，主人告诉它不咬谁它便不咬谁。它那双眼睛微微发红，滴溜溜乱转，好像老是在打着什么主意。

木匠看了它几眼，它也看了木匠几眼。木匠便去忙活，它也靠墙根儿趴着去了。不知什么时候，白狗不见了。又不知什么时候，白狗回来了，又趴在墙根儿那舔嘴唇。木匠没在意，继续干活。

一阵哭叫声从屋里传来，只见东家婆高举着一根火钩子，把一个十四五岁的小姑娘从屋里赶出来。小姑娘抱着头，边逃边哭。东家婆边打边骂："让你偷嘴，让你偷嘴，打死你！"

小姑娘无路可逃，便藏到木匠身后，木匠看姑娘可怜，便说："东家，饶了她吧，一个小孩子！"

东家婆住了手，嘴却不住："师傅不怕你笑话，我家这个童养媳可馋死了。给老爷子留点好吃的，挂在房梁上她天天偷吃……"

小姑娘在身后呜呜哭道："我真的没吃呀！"

院子重新静下来，只有木匠锛凿斧锯的声响，白狗在墙根儿那儿趴着睡着了。

第二天，院子里再次发生了昨日的一幕。木匠在拉架时，无意间看到了墙根儿的白狗，它蹲在那儿津津有味地看着眼前的一切，两只眼睛似乎在笑。当它发现木匠注意它时，它猛地转过头去，跟着又趴在地上。

第三天，木匠边干活边瞟着白狗。白狗终于站起来，一闪身转到屋后。木匠放下家具，蹑手蹑脚来到山墙边，探头望去，却见白狗人一样立着，正趴在后窗台上往屋里看，并用前爪一点点推着窗子。突然一纵身蹿到屋里，木匠急奔过去，躲在后窗边往里看，立刻惊得目瞪口呆。他看见那白狗先用嘴叼一个木凳放在屋中间，跳上去，两脚站起来，用嘴把房梁上的篮子摘下，大嚼，然后又用嘴熟练地挂上去……

木匠的心狂跳起来，心想这畜生成精啦。他想喊一声，但又忍住，急急退回院子里。

一会儿，白狗回来，木匠看见它正用怀疑的目光望着自己。他假装没看见，低头干活；再抬头，见那畜生正龇着牙，一点点地向自己逼近。木匠头皮一麻，急忙抄斧在手，勇敢地和它对视，又示威性地拿起一块木头，咔嚓一斧劈作两瓣儿。白狗愣了一下，颓丧地退回原地趴着。它半睁着眼看木匠，不知在打什么主意。

屋门一响，是东家婆给木匠送水来了。白狗一激灵，它跳起来，先是围着东家婆撒欢，接着开始给木匠献殷勤。它舔木匠的手，用嘴拖过凳子请木匠坐，不断朝木匠摇尾巴，眼里充满乞求。

木匠心里就有点怕，他想这畜生比人还精呢。于是好几次把话咽回去，多一事不如少一事吧，咱惹它干啥？

随后几天，东家家里再没有发现偷嘴的事情。但那一日，悲剧重演。小姑娘被东家婆打得在地上翻翻乱滚，声声哀叫。木匠心如刀绞，一股正气突发丹田。

"别打了！"他听见自己吼了一声，那声音把自己也吓了一跳。

东家婆愣住，呆呆看他。木匠便道："这孩子冤死了，你家的东西是白狗吃的……"他说这话的时候，看见白狗突地从墙根儿跳起来，仇视地看了他一眼，嗖地蹿到屋后去了。木匠便仔细把那天的情形叙述了一遍。

"哎呀这东西真成精了！我早就说要打死它，可当家的就是舍不得。"东家婆说着，就去找了根木棍，前院后院找白狗，哪里还找得到！

晚上，木匠下了工。他觉着今天心里发毛，就特意带上了锛子。出了村子，他沿着小路向自己的村庄走去。路上静静的无一行人，他感到路上充满杀气。果然，他看见前面路上白白地横卧着一个什么东西。

白狗！木匠不用猜就知道是它。这畜生居然知道自己下工走哪条路。他紧张得不行，有心返回去，又一想不能让一条白狗占了上风。他握紧了锛子，大踏步一直往前走。相距五六步的时候，白狗站了起来，他们彼此仇视地看着。木匠转了一下眼睛，他看见路边有一新扒出来的土坑，白狗把坟墓都给他准备好了。

畜生，来吧！木匠喊了一声。白狗便真的扑上来。木匠练过武功，加之有利刃在手，不过三招五式，便将白狗劈翻在地，再加上两锛子，白狗仇恨地望了木匠最后一眼，颓然死去。

木匠把白狗拖入坑内，用锛子扒土将它埋掉了，这才发现自己全身如水捞出来一般。他坐下来大口喘气，又抽了一支烟。最后他喊了一声："白狗精，你活该！"

他歪歪斜斜地踏上了归途。

有一种意外叫猝死

○萧　磊

事情是从一场会议开始的。

主席台上的那个话筒，像车轮一样从这个领导的嘴边转到另一个领导的嘴边，已经转了三个多小时了，一点儿没有停的意思。

最后终于转到了局长赵四嘴边。于是，赵四局长开始做总结性发言了。

台下的孙三突然觉得很无聊。××××，一群人靠着嘴皮子混饭吃，混得比我们流血流汗的还好，什么×世道啊！孙三暗暗骂了句。想着一起读大学、睡在自己下铺的赵四，现在居然混到了局长，管着百来号人，而自己什么都不是。孙三越想越愤愤不平。太没劲了！不过再想想，也一样，没什么劲啊！别看你赵四在台上口若悬河呼风唤雨风光无限，到时候，两腿一伸，也不过如此——真他妈的没劲啊！

哼，你马六也别高兴太早，孙三侧身看到不远处洋洋得意的马六更来气。别以为自己写了几篇小说，出了本书当了作家有了点儿名气，就神气起来！十三亿老百姓有多少知道你的名字，看过你的文章啊！你再怎么牛，到时候双眼一闭，谁还记得你马六的那些小文章！想到这里孙三看到马六突然变成了一堆骨架坐在那里，阴森森的白。

是啊，真他妈的没意思！活着真没劲啊！

晚上回了家，吃了饭，洗了澡，上了床，开了电视，也很没劲。孙三刚关了电视，就看到洗完澡的妻子穿了件透明的真丝睡衣进来了。孙三心满意足地打了个哈欠躺了下去。他的妻子挨着他也躺了下来，不时地用敏感部位去碰孙三。孙三翻了个身，叹了口气，心里说，还不就那点儿事情啊，有什么劲呢！他的妻子也气呼呼地侧了身。

第二天早上，孙三的妻子没有像往常一样早起为孙三弄吃的。孙三知道她还在生昨晚的气，也不计较。刷牙洗脸，到街上买了些"放心早点"就上班去了。孙三到了单位也不想做什么事情，整个人懒洋洋的，盼望早点儿下班。

睡觉。起床。刷牙。洗脸。吃饭。上班。工作。吃饭。休息。工作。下班。回家。吃饭。洗澡。睡觉。日子就在这样的无聊和懒洋洋中走过去了。

孙三把这样的懒洋洋带进了医院。他懒洋洋地捋着袖子，想着这样的体检有什么意思呢？活着有什么意思呢？可那护士觉得不耐烦了。孙三看到她从白帽白口罩的缝隙里射出了两道恶狠狠的光来，粗鲁地往自己的手臂里扎去。可是血似乎不想出来，遮遮掩掩的。

日子依然在无聊中过去了两天。

体检结果出来了。大家都或多或少有点儿问题，但都不是什么大问题。唯独孙三出了大问题，人命关天的大问题，绝症——肝癌，而且是晚期。医生的结论是最多半年。孙三拿着报告单的时候，手里像是放了块烧红的烙铁。整个人不由自主地矮了下去，最后像一摊烂泥抹在了水泥地上。

进了医院，躺在洁白的病床上，看着四周白得刺眼的墙壁，孙三觉得活着真好啊！

想想以前，一觉醒来，阳光灿烂，自己精神抖擞着起床，然后到卫生间里刷牙洗脸，看着镜子里的自己满嘴白色的牙膏泡沫做着鬼脸。等洗漱完，妻子在饭桌上已经摆好了自己最爱吃的稀饭和咸鸭蛋。孙三想到这里，舌头配合着动了动，那味道真是爽。然后上班开始一天充实而快乐的工作。下班回家，妻子已经准备好了一桌丰盛的晚餐。吃了饭，和妻子一起看看报纸或者电视剧，然后睡觉。当然，有时候和妻子亲热亲热。最后抽支烟，沉沉睡去。

想完这些，孙三的眼泪禁不住流了下来。活着真好啊！

是啊，活着真好！

第二天，孙三的机会还真是来了。

原来那报告单出了问题。到底是哪里出了问题现在对于孙三来讲已经不重要了——或许是同名同姓搞错了，或许是那女护士心情不爽出了差错，或许是……重要的是他没病，一切健康，不出意外还可以活很久！

当孙三听完这消息的时候，他快速地拔掉了手臂上挂点滴的针头，站在病床上狠狠地往上跳了几下，周围的人看得嘴巴都合不拢了。

那个叫王五的主治医师回过神来想去阻止的时候，他突然觉得不对劲了——孙三最后一次的跳跃没有成功，而是像一块挺直的门板一样重重地摔在了病床上。

孙三死了。医生说是因为极度兴奋加上心脏的一点儿小问题导致的意外。医学上把这样的意外死亡，叫猝死！

杀手之王

○ 邢庆杰

　　冷血是中原一带顶尖的杀手。冷血极讲信誉，凡是他答应杀的人，历尽千难万险也要将人头送到雇主的手中。他自出道以来，从来没有失过手，人称"杀手之王"。

　　木秀于林，风必摧之。江湖上很多人都想除掉冷血。但冷血的一把"冷血剑"独步天下，纵横江湖几十年了，没人能接到十招以上。江洋大盗"黑旋风"曾想用西洋火枪对付他，但他刚拔出枪，胳膊还未抬起来，就被一股凌厉的剑气从头顶到胯下劈成了两片。有好事的人事后拿天秤估了估，两片人体竟毫两不差，剑法之精确，确已达到了炉火纯青、登峰造极的境界，要杀他，比登天还难。

　　在一个姹紫嫣红的春天，年届不惑的冷血独自在大运河畔踏青。这条大运河是当年乾隆皇帝下江南时开挖而成，名曰"京杭大运河"。此时是清嘉庆年间，大运河的漕运正值鼎盛时期，河道上百舸争流，千帆竞渡，十分繁荣。冷血面对这繁华的世相，在心底深深地叹了口气。在江湖之上，他是一个绝顶高手，在武学上，他堪称一代宗师，他走到哪里，都是一片掌声和赞誉声，他风光无限地度过了这么多年，被无数的人羡慕着，崇拜着。只有他自己明白，这种高处不胜寒的生活是多么落寞和孤独。

　　一只燕子，从一条路过的帆船上飞了过来，那种飞翔的姿势轻盈而娇美。冷血起初没有在意，但这只燕子快要飞到他的身上了，还没有停下来的趋势。拔剑已经来不及了，冷血闪电般击出一掌，然后借助掌力的反作用力，身形向后飘出十余丈远。那只燕子被掌风一震，"轰"地一声爆炸了，一团黄雾迅速扩散，周围的花草一瞬间全部枯萎了，足见这只"燕子"奇毒无比。冷血纵身而起，踏着碧波荡漾的水面，像一股风，刹那间飘上了帆船！

甲板上站着一个长冉老者，冲着冷血哈哈大笑！

冷血阴着脸说，展鹏老儿，你这个玩笑开得有点儿大了吧？

老者道，不这样，怎么能把冷大侠请上船呢？

那老者是人称"天下第一刀"的著名刀客展鹏，其八卦刀法为天下一绝。但展鹏这人信誉度很差，谁开的价高就倾向于谁，经常出尔反尔，再加上他好色成性，在江湖上声名狼藉。

早有人将一把座椅放到冷血身后。冷血却不坐，面无表情地说，有什么事，快说！

展鹏嘻笑道，冷大侠这个脾气，还是喜欢直来直去呀！

冷血不语。

展鹏不敢再说废话，他挥手示意闲杂人等到舱内回避，才压低嗓子说，有一笔买卖，冷大侠做不做？

冷血冷笑道，你我本是同道，有买卖你如何不自己做了？

展鹏道，这个买卖展某自己做不了，所以想请冷大侠来做。

冷血顿时来了兴致，问，多少酬金？

展鹏伸出一个手指：黄金万两。

冷血一愣，他还没有听说过杀一个人有这么多的酬金。

展鹏说，这人武功甚高，一般人杀不了他，所以，展某才会倾其所有，重金相请。

冷血果断地说，好！这笔生意我接了！

展鹏说，好！不愧是杀手之王，痛快！不过，你怎么不问问我让你杀的是什么人？

冷血傲慢地说，天下还有我冷某杀不了的人吗？

展鹏"哈哈"大笑，笑毕，才正色道，冷大侠这份笑傲江湖的气派，令在下万分佩服，今天在下一定敬您三酒！

下人在甲板上摆了酒菜，两人一边饮酒，一边立下了契约。按照行规，展鹏将五千两黄金的金票先付给了冷血，其余一半，事成后再付。

酒饭过后，冷血告辞，临下船时，才很随意地问，我要杀的那个人，他叫什么名字？

展鹏"哈哈"大笑，冷大侠，你还真的杀不了这个人。

冷血皱皱眉头说，说吧，杀谁？

展鹏说，这个人纵横江湖几十年了，一直没遇到过对手，人称"杀手之王"，天下没有他杀不了的人！

冷血一霎时脸色大变，什么？你要我杀的那个人就是我自己？

展鹏诡秘地笑了一下说，冷大侠不是刚刚说过，天下没有你杀不了的人吗？现在你明白了吧？你唯一杀不了的人，就是你自己！

冷血明白自己上了展鹏的大当，展鹏一直想除了自己，因武功不及，难以如愿。现在他想出这条毒计，冷血如不自杀，他肯定会在江湖之上到处散步流言，败坏他不守诺言，那他这"杀手之王"的名号就要拱手让人了。但如果自杀，正中了他的毒计。

冷血苦想了整整一夜，也没有想出逃脱这一灾难的良策，他的胡子、头发在一夜之间全白了。

冷血找了个山青水秀的地方，盘膝而坐，将那把"冷血剑"横在了自己的脖子下面。

忽然，一阵清脆的歌声传来，冷血只觉耳目一新：人生本来无烦恼/烦恼皆为名利扰/只要抛开名和利/天空海阔任逍遥……一个小沙弥挑着水桶边唱边往这边走来。

冷血一震：是谁把自己逼上了自杀的绝路？是展鹏吗？其实不是。是自己的名利观念逼自己横刀自刎。如果不是这样，天下有谁杀得了我冷血呢？

冷血退出了江湖，并承认自己不守承诺，不配再称"杀手之王"了。

展鹏成了第二个"杀手之王"。但他仅仅当了一个月的"杀手之王"，就被垂涎这个宝座的几个高手联手杀死了。

江湖豪杰们这才明白：只有冷血才是真正的"杀手之王"，别人挂上这个名号，只能招来杀身之祸。

从此，江湖上再也没有了"杀手之王"这个称号。直到许多年后……

掌声再响

○沈　宏

　　总公司的难题像团迷雾一直困扰着他，他陷于焦虑的旋涡，苦苦挣扎。在外人看来，他是全市最有影响的企业决策人，他得以大将风度出现在众人面前，就像刚才在全市工矿企业会上那样，使同行感到他的力量不减当年。回公司的路上，他走得有点累。两旁挺拔的杨槐，仿佛对他嘲弄似的撒下漫天的花絮。他苦笑地摇摇头。他身旁新提拔的年轻副手丁洪，对这一切很欣喜："董事长，春天真好！"

　　他乜斜着眼睛，眼角挂着妒意。

　　"……在这个世界上，没有爬不过的山，也没有涉不过的水。我们是用毛泽东思想武装起来的工人阶级，什么也难不倒我们！我们一定会战胜困难，一定会把工厂办成……"

　　掌声如雷。如雷的掌声中，他挥动着手臂。三十多年前，这儿还是一片荒滩野地，他的演讲震醒了沉睡的土地。就在这块土地上，他和伙伴们办起了全市第一家纺织厂。

　　远远望去，林立的烟囱吐着浓浓白烟，高大的厂房如巨人般站着。这与过去简陋狭小的工棚是没法比的，可眼下……

　　他紧皱眉梢在一座纪念碑前停下脚步。

　　这是市里为表彰他的伙伴在建厂的一次抢险中英勇献身而树立的。碑上镌刻着他熟悉的名字。那会儿，他跟伙伴们团结得像股绳。他们曾发誓永远在一起。如今，他最好的伙伴许海明已长眠于地下，陈伟国去了国外。唉，世上没有不散的宴席。

"老关，你们公司在市里一直处于举足轻重的地位。"会后，市长召他去，直截了当地说，"你当了这么多年厂长，千万不能在这竞争最激烈的时刻败下阵来。希望你们拿出新产品，以适应市场变化的要求。"

他望着市长，没有说话。

"怎么，有困难?"

"力不从心啊!"他低沉地说。

他的厂是全市的大企业。他的真丝绸缎花样品种早在60年代就在全国叫响，并在同行业中一直保持领先地位。可近两年一些无名小厂的崛起，对他冲击很大。一年前，丁洪提出了更换产品结构的新方案，却被他否决了。他不信，他那高质量的老品种会被淘汰，那几乎是他一生的心血。然而，事实上他的产品已卖不出去，大批积压在仓库里。眼前，迫在眉睫的是如何解决大批积压的产品，否则……

"这可不像当年的关锋。"市长打断他的沉思。

"我还像当年吗?"他真想哭。其实他不算老，58，按新的划分法，属中年。

市长亲切地拍拍他的肩："希望你还像当年那样果断坚强。"

他轻轻抚着纪念碑上的名字，手有些抖。

"无数先烈抛头颅、洒热血换来的新中国，不能在我们这代人手里葬送! 有人想卡我们的脖子，这办不到! 我们一定要争口气! 别人能做到的，我们能做到; 别人做不到的，我们也能做到!"

掌声如雷。豪放的号子。胜利的欢笑。

都是非常遥远的事了。那时，他很年轻，有使不完的劲儿，厂子一年比一年红火。现在厂子却面临着严峻的困难: 大量产品积压，效益上不去，连续两年亏损。工人辞职的辞职，旷工的旷工。好几回，他都想用他

生活·认知·成长 青春励志故事

的演讲，把工人拧成一股绳。可台下除了几声稀落的掌声，再也没有出现过那种激动的场面。

他慢慢走进工厂。两点整召开全公司职工大会。对工人讲什么呢？眼前的厂房像在左右摇晃，要倒塌似的。他如一只原野上的困兽，焦虑地朝远方张望。

会场上挤满了黑压压的人群。走到台上虽只有几级石阶，可他觉得很漫长。每向上跨一步都十分艰难，汗珠自额际滚落下来。

当跨上最后一级，他眼前一阵晕眩，副手丁洪忙扶住他。丁洪有力的手立刻使他稳稳站住了。蓦地，轻松了许多，他感激地朝丁洪笑笑。而就在这一瞬间，他决定了他要说什么。

"同志们，现在我宣布辞去董事长职务。"

全场沉默了几秒钟。

"哗……"忽然，猛地爆发出雷鸣般的掌声。

104

龙大侠

○易　凡

　　盘龙镇是个三省交界的古镇，加之滚滚长江水绕镇边东流而去，如此特殊的地理位置，自古以来，就成了兵家的必争之地，又是争到之后的不管之地。为何？只因这是三省的边角地带，鞭长莫及。于是，在那兵荒马乱的年代，更是盗匪猖獗，恶人横行。世世代代的盘龙镇人，也形成了一种强悍的古风民情：拳头硬是大哥，打得赢为好汉。

　　那年，龙大侠到了盘龙镇。龙大侠是外地人，见当地人争强斗勇，崇尚武术，就在盘龙镇开了家武馆，取名为"龙行天下武术馆"。几个月过去才好不容易收下俩徒儿，一个叫黑狗，另一个叫白狗。叫黑狗的，生得高大魁伟，膀大腰圆，像尊黑金刚；叫白狗的，长得细皮嫩肉，眉清目秀，像个温柔的女人。从此，龙大侠走到哪儿，这俩徒儿就跟到哪儿，就像龙大侠的影子。

　　龙大侠早就听人说，外地人来盘龙镇是长不了的，时间长了，立着进来的，都得横着出去。龙大侠清楚，来盘龙镇开武馆得罪人了。

　　这天，黑狗白狗报告龙大侠说有人下了战书，要他到大坝子比武，条件是打赢了就留下来，继续在盘龙镇开武馆，输了就得滚出盘龙镇。龙大侠也不说话，也不带家伙，就稳稳地迈着慢步，出了武馆大门。黑狗白狗紧紧跟随。

　　大坝子围了很多人。远远就能清楚地看见人群当中有一条横幅，上面写着"拳打猛虎，脚踢蛟龙"的大黑字。龙大侠微微一笑，知道这"龙"就是指他。看热闹的人见龙大侠来了，齐刷刷地把道给他让了出来，都在心里说：有好戏看了。

场子忽地静了下来，静得连有人放屁都可以听得清清楚楚。

场子中那几个正在舞刀弄枪、耍拳练腿的也停了手脚，警觉地盯着龙大侠三人。领头的是个黑大汉，腰系黑色宽大练功带，裸着上身，浑身肌肉鼓鼓的。黑大汉有意抖动浑身肌肉，傲视着龙大侠，半天冷笑一声："外头来的，也不掂掂自己的分量，敢在龙盘镇开武馆！今天我就让你见识见识什么是真正的武术！"

龙大侠只是微笑不语，倒是白狗走了过去，三下两下，就把那"拳打猛虎，脚踢蛟龙"的横幅扯了下来，揉成一团，狠狠地摔在地上，还用脚在上面使劲踩了几脚。这下，激怒了黑大汉等人，他们把龙大侠三人一下围在了场子当中。

龙大侠微闭双眼，两手抱腰，无事一般。对方见状，都不敢轻易上前。黑大汉看出面前这人非同一般，不能小看，就问："文比如何？"

龙大侠睁了眼，淡淡地说："龙某愿意奉陪！"

黑大汉大喊一声，垒砖！三块青砖就厚厚地垒在了场子中央。只见黑大汉抡臂运气，"嗨"一声翻掌下去，三块青砖就齐斩斩地断裂了。全场一片喝彩。

龙大侠说，垒砖。三块青砖也厚厚地垒在了场子中央。龙大侠走过去，举右手将气运入食指和中指。然后也"嗨"地劈下去，三块青砖也齐斩斩地断裂了。全场鸦雀无声。过了一会儿才有人哇哇叫好。

黑大汉说，手比不过你，咱比比脚看！黑大汉见旁边有一捆锄把儿，说就比断锄把儿！这时早有两人将一根硬木锄把儿，两端握着走到黑大汉面前，人还未站稳，黑大汉飞起一脚，锄把儿"啪"地断成两截。

龙大侠说："请再加一根。"面对两根锄把儿，龙大侠飞起一脚，锄把儿没断，完好无损，引来一片哄笑。

黑大汉一声冷笑，"看我的！"话落脚起，两根锄把儿早就断裂。

龙大侠大吼一声："再加一根。"哇——三根呀！全场一片惊叹。龙大侠立定、运气、飞脚，三根锄把儿发出了刺耳的断裂声。

黑大汉大吃一惊，也大吼一声：三根锄把儿！黑大汉运气片刻，狠命一脚，只听"啪嚓"脆响，三根锄把儿没断，黑大汉的腿断了。黑大汉倒在地上翻滚号叫，痛不欲生。

黑狗扑上去，抱着黑大汉大声哭叫："爹呀，是我害了你啊！"白狗也扑倒跪在龙大侠面前，一个劲儿地叩头……

从此，龙大侠就在盘龙镇顺顺当当开了武馆，教出了很多的弟子。盘龙镇解放那年，龙大侠还当上了盘龙镇的第一任镇长。那时盘龙镇人才知道，龙大侠原来是个地下党。

放的不是羊

○游　睿

　　村是穷村。穷得成了全县贫困地区的代名词。县里年年对口帮扶，难度最大的就是这个村。人是穷人，不但穷，还懒。最懒的，当数村里的王二。王二单身，一间破屋，几块长满野草的瘦地便是全部的家当。偷鸡摸狗和顺手牵羊是他的特长。

　　最近几天，王二盯上了一只羊。每天下午，那只羊都会在南山坡上吃草。羊膘肥体壮，重要的是并没看到有人看管这只羊。选准了时机，王二便下了手，抱起沉甸甸的羊一路小跑。王二暗自庆幸，没想到偷一只羊竟然如此简单。

　　正在得意之时，一个戴眼镜的年轻人出现在王二面前。年轻人微微一笑，对王二说，打算把我的羊宰了？

　　王二把羊放下，看了年轻人一眼。这年轻人眼生，衣着整洁，看样子并不是村里的人。王二就有了底气，说，是你看上我的羊了吧，我抱我自己的羊，关你什么事？

　　年轻人又笑了，这次笑得有些夸张。我看你是不见棺材不掉泪。这只羊是县长亲自到山东去买回来的一只新品种羊，你竟然说是你的羊？这只羊的一举一动都在监控中。说着，年轻人轻车熟路地在羊耳朵上取下一个东西，然后从身上的挎包里拿出一台笔记本电脑，轻轻一点，王二就看见自己刚才偷羊时的窘迫模样了。

知道碰了钉子，王二连忙对年轻人说，我是看这只羊长得不错，忍不住抱了一下。还给你就是了。

有这么简单？年轻人说，你还不知道自己惹了多大的麻烦。别说这只羊是县长亲自买回来的，就是一只普通的羊，凭刚才的录像，我把你送到县公安局也够你住上一年半载了。

经常偷鸡摸狗的王二，最怕的就是公安。几年前因为偷东西被拘留过半个月，王二知道，那里面的日子可不好受。一听要坐牢，王二顿时全身紧张，赶紧说，千万别把我送到公安局去，有话好商量。

年轻人把脸一板说，县长买回来的东西你也敢偷，你就等着坐牢吧。说完，年轻人掏出了手机。

王二连忙将年轻人拉住，别别别，我错了，饶了我吧。

我只是畜牧局的技术员，要求情你去跟公安求情去。年轻人说。

这件事就我们两个人知道，王二说，只要你不说出去，要我做什么都可以。

年轻人说，我不认识你，也不需要你帮我做什么。

我叫王二，家就住在前面。王二转了转眼珠说，我可以帮你养羊啊。

年轻人说，这个宝贝疙瘩不是一般人就伺候得了的，你想养也养不了。

只要你不送我去见公安，再难养我也会养好。王二不失时机地说。

年轻人说，这只羊每天下午要准时出来吃青草，半年后才会产仔。产仔后就不会在这里放养了。你能行？

王二说，肯定行，我一定会养好的。

年轻人想了想说，也好，那我就给你个戴罪立功的机会。你帮我放羊，录像我暂时不送给公安。不过我提醒你，如果你对这只羊有半点儿马虎，我随时都可以举报你。你对羊做的任何事情，我都可以通过羊身上的监控看到。

王二说，只要你不举报我，怎么都行。

年轻人让王二抱着羊，一起到了王二的家。年轻人并不进去，说，这只羊很贵，你必须拿一样东西做抵押，我才能放心地把羊交给你，否则没的谈。

王二到屋里摸索了半天，才拿出一块玉佩说，这是我家祖传的，我估计价格也不低，能做抵押吧？

年轻人看了看玉佩，点了点头。接着就给王二说了些注意事项，最后一再叮嘱王二，不能有任何马虎，否则后果很严重。

王二抱着羊，叹了口气。

接下来，羊吃草的时候，王二就在羊身边守着。回家后，王二就给羊梳毛做检查，生怕出半点儿问题。本来很多次王二都想放弃或者悄悄逃跑，可是一想到可能坐牢，还有自己家的玉佩，他就不得不打消那些念头。

年轻人也总会隔三差五来查看羊的状况，并教给王二一些养羊的方法。不知不觉中，放羊成了王二生活里最重要的部分，一些不好的习惯也逐渐在忙碌中改正过来。后来，王二渐渐地熟悉了羊的习性，越养越轻松。

半年后，那只羊顺利产下两只小羊羔。

这天，年轻人来到了王二家。一同来的，还有村主任。年轻人把玉佩还给了王二，并拍了拍王二的肩膀说，羊放得不错。

你是来把羊带走的吧？王二说。

年轻人笑了起来，说，不是，那只母羊和两只小羊，本来就是你的。

王二莫名其妙，不会吧，怎么会是我的呢，是不是搞错了？

年轻人并不回答王二，而是对身边的村主任说，这就是我说的造血式扶贫。我如果直接把钱给他，他可能早就花光了。让他养羊——关键是让他学会怎么养羊。

村主任点点头说，还是乡长高明。村主任转身对一脸疑问的王二说，你个呆子，打了这么多次交道竟然不知道他是乡长？乡长是来为你们家对口扶贫的。

　　王二摸了摸自己的头，半晌才反应过来。王二说，高，确实高。

麻脸挂面

○ 张国平

我老家豫北那个村子叫老井，老井的老辈子人都会做一手好挂面，纤细筋道，香油葱花儿一拌，味道美极了。

老井有很多人都能把挂面做成空心，但往往不透气，中间有断裂。而三爷做的两头儿贯通，含住一端轻轻吹，能吹飞那头儿的鸡毛。拿一根女人的头发丝，这头儿朝那头儿捅，居然能捅过去，邪乎！

老井人的挂面不愁卖，但做的人多了也会有积压，毕竟那年代年景不好，穷人还占多数。但三爷的挂面从不在村子里卖，扁担一晃悠去了远处，第二天落黑才回来。有人问三爷去了哪里，三爷嘿嘿一笑，朝东南方向指指说，小城。人们吃惊，小城离村子百里开外呀，怪不得三爷两天才回来一趟呢。有人说，三爷你别跑那么远了，别人的挂面不买能不买你的？三爷就拍打拍打裤腿上的灰尘说，不跟街坊邻居争饭吃。既然咱老井挂面做得好，咋不在外面挣个名声呢。

人们都竖起大拇指说，三爷这人，地道！

三爷两天一趟，满担子去空担子回，尽管耽误些工夫，收获还是不小的。日子久了，三爷靠卖挂面盖起了两间新房。都说三爷人品好，凑合着给三爷说房媳妇吧。三爷却摇头说，不忙。人家像你这个岁数谁不是老婆孩子一大堆了？光棍儿的日子还没过够？都说三爷怪，不通人性。

见三爷每次回来都是满脸春风，有后生问，咱老井挂面在小城好卖不？三爷乐呵呵地说，中，不愁卖。就有后生跟着三爷去小城，一来见见世面，二来给自家的挂面再找条门路。

回来后，后生们无不羡慕地说，三爷在小城那才叫风光，三爷的挂面担子在城楼下一晃悠，就有人喊：麻脸挂面来了！后生们嘻嘻地笑，在那里不叫张氏挂面，因为三爷是麻子脸，三爷的挂面叫麻脸挂面，嘿嘿。

有件事后生们不明白，每隔十天半月三爷总留一捆儿挂面不卖，自己悠悠地去了，也不知道去了啥地方。有后生要跟着去，三爷总黑着脸说，卖你的挂面，有啥好跟的！

日子久了就有人猜测，三爷神神秘秘的，在小城是不是有相好的？

这话让后生们猜对了。快解放那阵儿，三爷从小城领回一位花枝招展的俊女人，女人面似桃花，脸上浮着笑，只是面容略带憔悴之色。村里人摇头，三爷真是糊涂了，这样的女人能跟他好好过？

听了这话三爷却乐呵呵地笑：没事的。三爷依旧做他的挂面，女人只坐在一旁，紧紧地盯着三爷笑，像戏迷入迷一般。从那以后三爷卖挂面就不出远门了，三爷舍不得女人一个人在家，怕她孤单。

闹"土改"那阵儿，村子里来了个李干部，二十多岁，戴一副眼镜，清清瘦瘦的，年轻的李干部总爱往三爷家钻，他说他爱吃三爷的挂面。李干部哧溜哧溜吃着三爷的挂面说，按你家的家产应该划成富农的，知道谁帮的忙吗？三爷连忙赔着笑脸答，知道，知道，当然是李干部通融的。李干部抬头瞥一眼三爷的女人，想说什么却又咽下去了。

这天三爷走乡串户卖完挂面回家，一推门却见自己的女人跟李干部撕扯着，三爷气得眼冒金星，抡起扁担吼，想干啥？×××！李干部嘿嘿地笑两声，别不知好歹，张麻脸，跟你套近乎是看得起你，你当我不知道？你女人是窑姐儿！三爷的扁担扬在空中，终于没有落下去。李干部干笑着，从三爷的腋下钻了出去。

第二天便来一帮人把三爷的女人带走了，脖子上挂一双破鞋，游街。

三爷的女人回来后，溜溜哭了一夜，三爷怎么劝都没用。女人抱住三爷哭泣，俺对不住你啊，让你丢人了。临明的时候，三爷迷糊了一会儿，就这点工夫三爷的女人上吊自尽了。

还没有完，李干部把三爷担挂面的扁担插在三爷女人的新坟上，扁担上挂一双破鞋。望着那心爱的扁担和那双风中摇曳的破鞋，从来不喝酒的三爷酩酊大醉。天擦黑的时候，三爷摇晃着回了村子。

半夜的时候，李干部住的房子燃起了大火，等人们把火扑灭，李干部早就成了尺余长的灰人了。这时三爷已死在了自己女人的坟头儿。

至今我老家的老井村仍沿袭着做挂面的风俗，但不管怎么做，也做不出来三爷那麻脸挂面的味道了。

安眠药

○赵锡江

厂长的夫人得了严重的失眠症，眼睛夜里瞪得比白天还大，整宿整宿地睡不着。她因睡眠严重不足，白天脑袋胀痛欲裂，脾气极端暴躁。厂长在家里站也不对，坐也不对，无所适从，度日如年。

厂长为治疗夫人的失眠症费尽了脑筋。亲自带夫人去看医生，内科、内分泌科、心理及生理科都去过，最后连精神病科也去了。医生给她开了很多药，她几乎把药当饭吃了，胃都吃出了溃疡，睡眠也没见好。厂长都快要崩溃了。

厂长夫人听她的一个同学说体育锻炼能催眠，便开始了体育活动。她不但白天练，晚上也出去练。先是快走，后改为慢跑，再后来练起了太极拳。她练得极其刻苦，时间也越来越长，联防队员还曾经误认为她的精神有问题，仔细盘查过。厂长夫人练了一段时间，睡眠状况依然没有什么改善，夜里照样在床上瞪着两眼"烙饼"。

有人告诉厂长夫人，说每天晚上用热水泡脚有助于睡眠。于是，她每天晚上上床前都雷打不动地用热水泡脚，泡完脚马上钻进被窝。每次脚都烫得跟褪了毛的猪蹄似的，也没见着效果。厂长夫人想，脚光泡可能不行，还得搓。于是，改为每天晚上到外面的洗脚房去做足疗。钱花了不少，脚上的皮也被搓掉了好几层，可夜里上下眼皮仍旧粘不到一块儿。

厂长夫人又听说晚上睡觉之前喝奶有助于入眠。于是，每天晚上上床之前都喝奶。先是喝自己最喜爱的酸奶，不管用；再喝袋装鲜奶，也不管用；又喝果味奶，还是没什么作用；最后改吃奶酪，也不顶用。她折腾来折腾去，每天晚上至多能勉强凑合着迷糊一个小时。

后来，厂长夫人又听说晚上躺在床上数数能帮助入睡。她吃完晚饭马上躺到床上开始数数。数到5000，没睡意；数到8000，仍然清醒；一直数到天亮也没睡着。

几乎所有能够想起的办法都用了，厂长夫人的失眠症不但没有见好，反而越来越严重了。夫人绝望了，厂长也没了信心。

一个星期五晚上，厂长夫人突然对厂长说，你给我作个报告吧。听说你每次在厂里开大会作报告时，坐在下面的职工不一会儿就都睡着了。我也想试试。不管有用没用，死马当活马医吧。

厂长没办法，就模仿在单位开大会作报告的样子，先拍了两下手，算是试麦克风，然后开始讲话："大家请安静，不要在下面开小会了……现在国际形势的主流是好的，但也有小的支流不怎么样，不过总体上是好的；国内形势是一片大好，工农商学兵各行各业都很好；咱们厂的形势呢，更好！而且越来越好……"厂长滔滔不绝地讲着。过了二十多分钟，他突然觉得躺在身边的夫人不动了，也没了唉声叹气的声音；再仔细听听，还有细细的鼾声。

第二天早上10点，厂长夫人睁开了眼，伸了个大大的懒腰，脸上荡漾着久违了的笑容。

厂长见夫人精神焕发，急忙问："昨晚睡得怎样？还好吧？"

夫人笑呵呵地说："太好了，很长时间没睡过这么好的觉了。你的报告太灵了，我听了一小会儿就睡过去了，一觉到现在，中间连趟厕所都没去。你的报告是最好的安眠药！"

隔壁的男人

○龙　侠

男人在环境幽雅的朝阳小区买了一套三居室，四楼。这天中午，男人坐在电脑前上网。

"丁当……"门铃响。

男人起身。门开后，外面站着一个夹着皮包的瘦小男人。

你是……

隔壁。

哦，有事吗？

借个螺丝刀，正要出发去省城，一急，把钥匙锁家里了。

好说，好说。

男人从工具箱里取出一把螺丝刀，顺手拿了一把锤子。

缺什么，就招呼一声。

那人接了工具，点头走了。

男人关了门，继续上网，男人网上有许多朋友，可以不出门便海阔天空地聊。

午夜后，"冬冬冬……"有人砸门。女人从睡梦中惊醒，推推男人。男人也醒了，看看表，低声骂：什么玩意，没礼貌。

男人打个哈欠，起来开门。

门开了，一个魁伟的汉子闯了进来，男人想拦，没拦住。男人发现汉子的手中还拿着一把螺丝刀和一把锤子，看样子正是他的。

你是……

隔壁。

男人愣了，心说隔壁到底有几个男人？

汉子把螺丝刀和锤子往地板上一扔，说，这是不是你们的？

男人说是。

汉子一把掐着男人的脖子，骂道，好小子，兔子还不吃窝边草呢，你竟然偷起隔壁的东西来了。

男人懵了，两腿像筛糠一样说，一场误会……绝对误会……

女人从卧室里跑出来，嚷道，你这人……怎么不讲理。

汉子把女人搡倒在地，翻箱倒柜，揣了一些金银首饰骂骂咧咧地去了。

男人和女人抱在一处。女人说，看来先前那人是个贼，这个才是隔壁的，我们上当了。

男人叹道，这事儿闹的。

女人说，明儿去和隔壁说清吧，免得人家误会。男人点点头。

第二天一早，男人按响了隔壁的门铃。门开了一条缝，一个浓妆艳抹的女人露出半张脸。

男人探头往里一瞧，看到卧室门口一个穿睡衣的秃顶男人头一缩不见了。

男人愕然。他拿手一比画，说：我找一个魁伟的汉子。

门内女子说，这人啊，昨晚闯了进来，抢了我许多金银首饰，还拿了隔壁的工具。

男人说，他不是你男人？

门内的女人脸一红，说，不是……是个贼。男人呆呆地站在门口。

门内女人不耐烦了，问，你是……

男人机械地说：隔壁。

重要人员

○卢　斯

　　美国警方费了好大力气，才将杀人越货、走私枪支的拉莫斯和他的爪牙一网打尽。拉莫斯被判死刑，一个月后执行。在这一个月里，拉莫斯绞尽脑汁计划越狱。

　　这天，拉莫斯在餐厅吃饭，一个新来的囚徒故意靠近他，向他挤眉弄眼，还把一个鸡蛋落在桌子上。

　　拉莫斯迅速拿起那个鸡蛋，偷偷藏进内衣，带回自己的囚室。

　　晚上，他故意大声打呼噜。过了一会儿，他发现狱友都睡着了，便慢慢爬起来，小心地敲开鸡蛋，从里面找出了一张纸条。

　　纸条是他老婆写的，老婆说，她决定花 1000 万美元贿赂狱警，她要求拉莫斯把监狱里需要贿赂的重要人员名单写给她。拉莫斯极为兴奋，连夜起草了一份名单。这份名单包括几乎所有的狱警和监狱长，甚至连监狱的厨师都在内。当然，他没写那个叫约翰的大胖子勤杂工。

　　约翰长得像头大象，脑子愚钝，是监狱里最没用的人，给他贿赂，纯粹是浪费。

　　拉莫斯通过那个送鸡蛋的囚犯，把名单递出了监狱，然后心神不宁地等着消息。

　　三天后，老婆来信说，一切都办妥了。所有人都收了钱，在拉莫斯执行死刑的当天，他们会把拉莫斯用囚车运往刑场。囚车出监狱门五分钟后会遇到一个拐弯，司机到时故意放慢车速，负责押送拉莫斯的狱警会故意让拉莫斯"打昏"他们。之后，拉莫斯就可以跳下车，奔向自由了。

执行死刑的当天，拉莫斯心情十分紧张，不停地搓着手。成败在此一举了。

一个狱警打趣说："看啊，这小子一定是第一次经历这种事。不用怕，马上你就会习惯的。"其他人也跟着哈哈大笑。

拉莫斯狠狠瞪了他们一眼，在心里说：你们这些蛀虫，你们才该拉出去枪毙呢。等我出去了，一定要找你们要回我的钱。

吃过早饭，狱警给拉莫斯换上新衣服，戴上手铐，两个荷枪实弹的狱警押着他上了车。按照计划，车子一发动，五分钟后，他应当打昏那两个狱警，跳车逃离。

车子轰隆一声发动了，拉莫斯感到车身移动，不禁紧张起来，而那两个狱警故意大声地谈笑。一分钟，两分钟，三分钟……

五分钟一到，两个狱警果然很配合，故意大喊着，让他抢了一把枪，被他揪住脑袋在车壁上撞两下，"昏"了过去。他从一个狱警身上摸出钥匙，打开手铐，这时，囚车也似乎故意缓慢了下来。

只要打开车门，就可以跳下减速的囚车了。那里有一块草地，草地不远处是一条河，河里有条快艇在等着他，跳上快艇他就可以成功逃离了。

拉莫斯深吸一口气，拉开车门，猛地跳了下去。只听砰的一声，他感到头撞在了水泥地面上，而且周围还响起了一片惊呼声。不对呀，这里应该是块草地。

迎着刺眼的光线，他睁开眼一瞧，眼珠子差点儿掉下来。他发现自己还是在监狱里，位置就是刚上囚车的地方，车子发动机还在轰隆作响，周围是吃惊的囚犯和狱警。

拉莫斯惊诧万分。只见司机抱着打气筒，气呼呼地奔过来，嘴里还不住嘟囔着："那个笨蛋勤杂工约翰，今天又忘了给囚车轮胎充气了。"

狼皮与秀才

○闵凡利

张秀才决定去找好友吴知县。

吴知县正在后堂和郑知府手谈。手谈就是下围棋。吴知县见张秀才大白天的来了，很纳闷，就问："张君，今天怎么没去王员外家？"吴知县知道张秀才在给王员外的憨公子做先生。一般白天授学，是没时间来的。

张秀才说："吴大人，我是无事不登三宝殿，今天来，是想请吴大人给拿个主意。"

吴知县说："张君，在座的郑大人也不是外人，咱们俩从小在一块长大，又都同在一个先生的戒尺下学习，有什么事你就直说吧！"

张秀才说："我现在已到了赵员外家当先生。"吴知县一愣，问："赵员外家给的银两多？"

张秀才摇了摇头。郑知府说："那是待遇比王员外家的丰厚？"

张秀才说："也不比王员外家的丰厚。"

郑知府和吴知县就不明白了。张秀才说："说起王员外家，想必两位大人也都了解。王员外的公子别的毛病没有，就是脑子有问题。我这边教，他那边忘。再怎么教，也是教不出什么名堂的。我给王员外家当先生，实际上，我是在当保姆啊！可赵员外的公子冰雪聪明，教什么会什么，一个先生能教这样的学生那是造化啊！"

吴知县知道王员外的孩子有点心眼不全，脑子还有点问题。听张秀才这么说，就问："你已决定去赵员外家了，还有什么需要我办的?"

张秀才说："是这样的，赵员外的公子非常好学，我每天都要天不亮赶到，天很晚才回家。两头不见太阳的，有时都晚到深夜了。从赵员外家到我家要经过野狼坡。野狼坡上常有狼嚎。每当我从树林里走，狼就嗷嗷地嚎，叫得挺吓人的。我今天来找吴大人，是想请大人给我想个法子，就是我从野狼坡走，狼不再向我嚎，不会找我的事。"

郑知府听了说："我当是什么大不了的事呢，原来是这么件小事。这件事让吴大人告诉你怎么办吧!

吴知县听了之后就去了内室，不一会儿，从里面捧出一件大衣，说："张君，你只要穿了这件衣服，我保证你就不会有事!"张秀才问："真有这么灵?"吴知县说："真有这么灵。"

张秀才半信半疑，郑大人说："难道你连吴大人的话都信不住? 放心，保你没事的!"

过了半月，张秀才又来到吴知县的府上。这次吴知县正在堂上批示着公文。张秀才见了吴知县说："大人，你这个大衣真好，自从我穿上之后，狼不再向我示威了，也没再听到过狼嚎。真是谢谢你了!"

吴大人说："你我同窗多载，帮点小忙，不足挂齿。"

张秀才就问："吴大人，你的这件大衣究竟是什么料子的?"

吴大人说："是狼皮的。"

吴大人看到张秀才有点惊讶就说："知道狼为什么不向你嚎了吗?"张秀才说不知道。吴大人说："道理其实很简单，以前你身上挥发着人味，自从你穿上我送给你的这件狼皮大衣后，你身上就挥发着狼的味道了。狼认为你是同类，就不会对你怎么了。"

张秀才这才恍然大悟，从那之后，张秀才就穿着狼皮大衣了。

后来张秀才还是出事了。当然，这是两年后的事了。那是冬日的一个夜晚。那天下着雪。张秀才本不打算回家的。可不知为什么，张秀才还是回了。走到野狼坡时，没想到狼又嚎了。嚎得很凄惨，很暴躁。张秀才就觉得头皮发麻。张秀才加快了脚步。可没想到，狼从背后扑上来了。一口咬住了张秀才的胳膊，张秀才就跑，没命地跑。结果，命是保住了，可一条胳膊却永远丢在了狼嘴里。

胳膊的伤结疤后，张秀才就去找吴知县，问："狼怎么会突然想起吃我呢？以前好好的，狼怎么就又想起来了呢？"

吴知县也想不明白，张秀才可是穿了我的狼皮大衣，也算是披了狼皮的呀！

后来吴大人明白了，当然明白这事已是次年秋天的事了。那时，吴知县因为郑知府的陷害而被流放到沧州服刑。路过野狼坡，张秀才提着酒来给吴知县饯行。吴知县喝着酒，两眼就定定地望着张秀才空空的袖管。吴大人猛然明白了。

吴知县说："张君，我明白了，我明白了！"

张秀才问："大人，你明白什么了？"

吴知县说："明白你已经披了狼皮狼为什么还要吃你。"

张秀才问："大人，到底为什么？"

吴大人说："因为狼是野兽啊！"说完，吴大人哈哈大笑起来。

省 亲

○陈　敏

　　李大春回国了。消息传开后，整个镇子一下热闹了起来，李大春回国省亲了，街坊四邻奔走相告。李大春当年的许多哥们更是拭目以待。他们迫切地等着看衣锦还乡的李大春到底变成了什么模样。听说中国人在国外待的时间长了，模样都会变的。大家都等着看李大春的鼻子有没有变高，头发变黄了没有。

　　而等待最为迫切的还算李大春本家的几个弟兄。他们都明白李大春在国外混出了名堂，公司就开了好几家，在国内沿海地区还拥有好几个码头呢。他们也隐约知道李大春这次回来要认养一个孩子。李大春在美国娶了个洋媳妇，因为洋媳妇过于肥胖而失去了生育能力，李大春一直没有孩子。弟兄们都替大春惋惜起来。这混得牛高马壮的李大春咋就生不出孩子呢？看来人太富裕了不是一件好事！再看看自己这些穷家模样人的老婆，生孩子跟母鸡下蛋似的，他们每家都至少有两个孩子，有的甚至偷偷地生了三个。

　　李大春在人们的议论声里果然回来了。让人始料未及的是，他竟然坐着一辆蹦蹦车回来的，如同当年离家时那样。唯一不同的是：当年载他进城的蹦蹦车上绑着一朵绸子做的大红花。

　　蹦蹦车发着很大的"突突"声，颠簸着，一直把他送到了村口。

　　好一个李大春，你再穷也不至于坐蹦蹦车回乡吧？如今的蹦蹦车多半是用来拉猪拉羊的，连穷人都不愿意坐了！

现在的洋人都爱开土荤，这有啥稀奇的。一些人嚷嚷着。

李大春没有像人们想象的样子衣锦还乡，他的鼻子依然又塌又扁，头发不仅没有变黄，反而有些发白。随身携带的只有一个皱皱巴巴的皮包。让人不禁失望起来。而最失望的还要数他本家的几位弟兄了。他们翘首以盼的李大春当晚就向他们宣布：他不想认养自己本家的任何一个孩子。

兄弟们全都傻了眼。为能让自己的孩子被李大春选中，他们可是费了不少工夫，提前半年就对孩子们进行了秘密的培训，有的甚至给孩子取了英文名。大家鼓胀的情绪像充了气的皮球，在听到李大春的话后突然蔫了。

可不管怎样，李大春都是有头有脸的人。当年的李大春可是不得了，以全省理科状元身份考进北京，市长都专程赶来为他披红戴花。这次，他回乡了，风声不胫而走，又惊动了市里，市领导派人开着小车专门来看望李大春。

可李大春一大早就出门了。他说要去镇子里兜风。他依然是坐着蹦蹦车出去的。他为自己租用了一辆蹦蹦车，车主是他小学时的一个体育老师。

他们看了半天的风景，最后在一个孤儿院门前停了下来。李大春说要去看看里面的孤儿。人们还以为他要给孤儿院捐款呢。不过，看他这副模样，一点都不像捐款人的样子。

李大春没有给孤儿院里捐款，而是从孤儿院里挑出了三个孩子，两个男孩，一个女孩。李大春带着三个孩子去河边玩，他和孩子们打水漂，抓蚂蚱，又带孩子们去镇子里下了馆子。孩子们简直乐坏了。

李大春让孩子们谈谈各自心目中最大的愿望。女孩踊跃发言，她说：她最大的愿望是嫁个有钱人，什么活都不干，只坐在沙发上看电视，然后再生一大群孩子。李大春亲切地抚摸了女孩的脸，说：这个愿望不难实现，但可能不太符合中国国策。李大春又问两个男孩将来最大的愿望是什么。一个男孩说他最大的愿望是能当个官儿，当个很大的官，像过节日时来看他们的那些官儿一样，长一个很大的肚子，看上去很威风。李大春被逗乐了。他拉着男孩的手说：这个愿望不错，但有些大，祝你好运！

另一个男孩的愿望有些与众不同。他说他将来什么都不想做，只想捡垃圾。李大春"哦"了一声。他觉得这个孩子有点新鲜，就问：你为什么要捡垃圾？男孩说：捡垃圾来钱来得快。他问：你挣钱做什么呀？男孩说：挣钱买一辆摩托车。他再问：买摩托车做什么呀？男孩说：有了摩托车，我就跑得快。他又问：跑那么快做什么呀？男孩把李大春看了一眼说：跑得快就能把最好的垃圾捡回来，卖更多的钱。

李大春停了一下，再问：有了更多的钱后做什么呀？有了更多的钱后，我就买一辆车！孩子理直气壮地答道。

李大春放低嗓音，轻声地问：你买车做什么呀，孩子？男孩说：我买车来拉垃圾呀！

男孩很执著，他把那个"拉"字念得很重。

李大春很久都没说话。他的手轻轻地落在孩子的头上。

三天后，李大春离开了镇子。他把那个要捡垃圾的男孩带走了，带到了美国。

空心石

○ 曾　平

　　石头皆实，空石独空。泸州空石呈黄褐色，摇动发出清脆的乐音。《泸州志》载：将空石凿为水盂，贮水不腐，插花不谢。用空石内核碾成粉末，可治耳疾、眼病、痈疽。传说乾隆皇帝巡幸各地，苦苦寻觅一种会唱歌的石头，后有人在泸州寻得，即泸州空石。世界文化名人张大千先生好泸州空石，晚年，多次托人寻找，1982 年，托人终于在泸州觅得一枚，辗转送至台湾，爱不释手，特与空石合影，托四川省委统战部转交原藏主留念，该照片至今保存于泸州江阳区曾家树家。

　　泸州空心石难寻，不是人找石头，是石头找人。

　　泸州空心石是奇石中的奇石。一枚空心石换几亩地，换一座房屋，换几头牛，泸州龙门阵中，经常有。

　　刘山是和泸州空心石有缘的一位。

　　刘山出身在长江江心的中坝村，中坝村除了长江冲来的河沙，就是一堆堆、一片片长江冲来的卵石。刘山的童年，陪伴他的，除了河沙，就是卵石。刘山八岁那年，长江发洪水，父母被冲走，成了孤儿。刘山能长大，靠的是他能找到空心石。那年，大队长的眼睛肿得比鹅蛋大，在县医院看了，治不好。有人说，空心石能治。于是，整个大队一千多男女老幼全跑到长江边找空心石。找了三天，影子都没看见。大队长的眼睛已经肿到两个鹅蛋大了。刘山走到大队长家，说，他能找到。那年，刘山十岁。

大队长哪里信？刘山说，他能听见石头唱歌，唱歌的石头就是空心石。大队长笑了，说，你找得来，老子每天给你记两分。刘山在长江边坐了半柱香的工夫，指一处水草密茂处，说，挖。四把锄头齐头并进，挖到一米多，刘山抓起一枚黄褐色的卵石，吼，就是它！洗干净，摔碎，果然空心，有核。将核磨成粉，大队长敷上，三天，眼睛全好。

靠着大队长的两个工分，刘山长到16岁。16岁那年，包产到户。刘山分得一块地。刘山整天蹲在长江边耍石头，除了能帮帮乡亲们找找空心石治治耳疾眼病，哪里弄得来庄稼？包产时，生产队的牛棚，没拆，让他住着。到30岁，还单身汉一个。刘山不急，整日在长江边耍石头，一人吃饱，全家不饿。有好心人，念起刘山的父母，想给刘家留一条根。给刘山说媒，是富贵家的女儿，少了一条腿，挂一根棍子，生儿育女没一点影响。但富贵破口大骂，说，你让我女儿给他一起吃石头啊！

三十年河东，三十年河西。转眼间，刘山变成刘经理。泸州奇石可以卖钱了，并且龙门阵中讲的高价成现实了。

刘山先把河滩收捡的奇石交贩子贩卖，每日捡一筐卵石，换回上百元钞票，钞票又换回鸡鸭鱼肉油盐菜米。不到两年，刘山在村中盖起一楼一底小洋楼。上门替刘山说亲的踏破门槛。刘山在鲜花一样的女孩中左挑右选一位叫芳的女孩成亲。后来，刘山干脆自己经营奇石，在泸州奇石街找两个门面挂起公司牌子。刘山制名片一张，上书：一位长于长江岸边的孤儿，一位听得见石头唱歌的石友。刘山的生意红红火火。在泸州，寻空心石必找刘山，找刘山必冲着空心石。不到两年，刘山在泸州购小别墅一幢，"别克"轿车一辆，整日携两位明丽鲜亮名曰秘书的女孩出入宾馆酒楼。刘山头上挂着老板、款爷的光环。

1995年初，柳州石友李先生到泸州。李先生来到刘山店中点名要购泸州空心石，价钱好说，多多益善。李先生先亮出100万金卡。刘山不敢怠慢。亲自陪李先生。李先生看到刘山推介的石头后，问，这就是泸州空心石？刘山笑着答，就是。李先生举起石头，一一砸下去，石头皆实，哪来空心？刘山大窘，急忙拉住李先生，约定三天之后再来看货。

这次刘山亲自出马。刘山公司早已形成捡石、选石、清选、打油、上座、取名一条龙。每一枚石头，刘山亲自听它唱歌的声音。刘山在手下人精选的一千余枚石头中再精选出数十枚。

三日后，李先生再来。刘山送上精挑细选的精品。李先生问，这就是泸州空心石？刘山笑吟吟地答，绝对正宗！李先生举起石头，砸下去，石头皆实，再砸，还实。刘山大汗淋淋，说，怎么可能？怎么可能？老子亲自挑的！

李先生说，你的心早已空了，怎么听得见石头唱歌呢？

李先生捡起一枚石头，那是刘山挑精品时丢在草丛边的一枚石头。李先生丢下两万元人民币。

1995 年 6 月，在深圳举办的"1995 中华奇石珍品广东拍卖会"上，一枚名"弃石"的泸州空石以 18 万元高价落槌。

易水殇

○蔡　楠

我是姬丹，是燕国的太子。但我是一个死去的太子。我的父王姬喜割下了我的头颅。

燕王喜是听了代王嘉的话才决定割下我的头颅的。嘉是赵王迁的侄子。赵王迁在邯郸城破的时候就被虏去了咸阳，嘉孤身一人逃到了代郡，又做了王。秦将王翦穷追不舍，一路索命打到了易水河畔。惊魂未定的嘉就派人求救于燕。父王当时还犹豫不决，是我说服了他，他才同意从蓟城发兵易水河的。但是，秦国早有准备，他们这次是铁心要把代及燕一起吃掉的。我们注定抵挡不住秦国的虎狼之师。易水河畔的代、燕防线脆弱得像白洋淀边的一株老柳，很快就树倒枝残了。代、燕兵败，蓟城陷落。我们只得远遁辽东襄平。

父王又一次把罪责记在了我的头上。他指着我的鼻子破口大骂，丹你这个不成器的混蛋！让你在秦国当人质，你偷跑回来；让你刺秦，你刺来了秦国大军；让你联代，你联来了京城不保。引火烧身，自取灭亡，竖子不足为君，我要废了你的太子——

我愤愤地退出了父王的临时行宫。父王大大地伤害了我。这几件事是我姬丹心底里的最痛。我也是抱定重振强燕大志的王子，我怎么能长久在秦国做人质，忍受我一向看不起的嬴政的侮辱呢？我从没有认为刺秦刺错了，也从不认为是我招来了秦国大军。嬴政的野心昭然若揭，他必然要诛灭六国。刺杀了他，燕国还有一线希望，还能够东山再起。刺杀不了，燕灭于秦，是迟早的事。至于联代抗秦，那也是保卫燕国啊！唇亡齿寒，代郡不保，燕国何存？可关键时刻那个该死的嘉带兵逃回了代郡，剩下燕军孤掌难鸣，焉有不败之理？可这些，父王怎么就不能明察呢？唉，看来父王是老糊涂了！

我把我的一腔苦水统统倒给了太傅鞠武。这些年来，只有他坚定地站在我的身后。他是我姬丹的影子。过去是，现在也是。太傅的智慧就像他长长的胡子，他总是能够击中要害。太傅说，太子啊，你的处境艰难呢！以你父王对皇权富贵的眷恋，他是不可能尽快把燕室江山交给你的。即使交给你，一个行将就木的国家又有什么意思呢？你不要等待了，要想实现你的理想，必须当王，必须让你父王退位！

他要是不退呢？我说。

那就杀掉他！鞠武把他的胡须抟下了一根。

我打了一个寒战。樊於期自刎的时候，我没打寒战；田光自杀的时候，我没打寒战；荆轲被诛杀的时候，我也没打寒战。如今听了太傅的话，我打了寒战。我拼命摇头，不，杀父弑君的事情我不会干！

那你就会被杀！鞠武说完这话，吹落他掌上的胡须，走进了辽东血红的残阳里。

我不相信父王会杀我。虎毒不食子，何况我是太子。我还要向父王进谏，我还有复兴燕室富国强兵的宏大计划。王翦老了，仗也快打不动了，只要他退兵，不需两年，我就会重新杀回易水河畔的。那时候，强大的燕国之梦，强大的中原之梦就不单单再是梦！也许统一天下的不是嬴政，是我姬丹啊！我从没有认为我比嬴政差！

然而，秦国换来了年轻骁勇的李信。李信的到来，打破了我的梦想。在父王的恐慌里，我又一次带兵出战。在衍水，我遭遇了李信的火攻。不幸溃败，我躲到冰凉的水里，才幸免于难。走上岸边的时候，我仰天长叹，既生丹，何生政？

李信包围了襄平城。父王派人向代王嘉求救。嘉没有发兵，却发来了一封信。信中只有六个字：杀姬丹，围可解！

父王大骂，无耻的嘉，猪狗不如的嘉，你如此背信弃义，退秦后，我一定先灭了你！骂完，父王把嘉的信烧为灰烬。

然后父王就派人来我栖身的衍水桃花岛请我回宫。父王要和我商议退秦之计。鞫武不让我去，可我还是去了。父王已经答应我，退秦之后就让我继位，你说我能不去吗？

在父王重又修葺一新的王宫里，他安排好了丰盛的酒席，拿出了燕国宫廷上等的冰烧酒。他还叫了几个绝色的宫女舞蹈吟唱。我真服了我的国王父亲，到这个时候了还如此讲究排场。不过，我原谅了他。就让他再欢乐一回吧，过不了多久，坐在他那个位置上的就是我姬丹了，我一定做一个励精图治的好国王。

那晚，父王以他少有的慈爱温暖了我。我就多喝了两杯，在一个宫女温软的香怀里昏睡了过去。

等我醒来的时候，我已经身首分离了。我的身子不知去向，我开始清醒的头颅被父王装在了一个黑色的松木匣子里。就是那次我装樊於期将军头颅的那一种匣子。我彻底明白：父王到底还是听了代王嘉的话。为了保住他的头颅，就设计割下了我的头颅。

我听到了母后的哭声，听到了王宫的哭声，也听到了整个辽东的哭声。在哭声中，我的头颅被送到了李信的大营。

李信暂时退了兵。他要亲自护送我的头颅到咸阳，去向那个想我想得快要发疯的嬴政复命。他估计自己这次肯定要加官进爵了，说不定他要取代王翦的位置了。

但我绝不会让李信成功。当李信载着我头颅的战车来到白洋淀边易水河畔的时候，我的头颅在一阵巨大的颠簸中突然轰鸣着破匣而出，鹰一样飞向了天空，颈下的鲜血泼洒成一面猎猎的战旗。我睁圆双眼最后看了看燕国千疮百孔的土地，一头扎进了流水汤汤的易水河。我知道，这里有樊於期的头颅，有田光的头颅，还有荆轲的头颅。他们已经等我多时了。

非典型性郁闷

〇朱　宏

我不干了，科员真不是人干的。全科我的工作量最大，但是工资最低。比猪吃得差，比牛干得多，这句话就是说我呢。

正在我满腹牢骚无处释放的时候，同学打来电话约我周末到郊外放风。真好，瞌睡来枕头，渴了掉河里。

窗外的风光无限美，无限美呀，无限美。同学老甲开着商务车——如今郊游不用骑车了。同学们都说老甲混得不错，这会儿当科长，没准儿哪天就是甲局了。

老甲手握方向盘，朝挡风玻璃"呸"了一口说，这科长真不是人干的，今天上面要报告，明天上面要总结，出了问题还全得一人扛着。这不现在指标下来了，八个科员要裁掉两个，这不是让我在好人堆里选坏蛋嘛。不干了，早就不想干了。

老乙说，好好干吧，虽然受气，待遇不低，你不干了哥们儿咋能享用公车？不像我，没有正当职业，一无权二无钱呀。老乙的话立即激起"群殴"，都说你老乙得了吧，别得了便宜还卖乖，谁不知道你生意场上正春风得意着呢，个体老板才是真正又有钱又有闲的人。

老乙不以为然地说，老板真不是人干的。你想想，咱得冒投资风险，还得忍气吞声，到头来结果咋样？养活了一帮子工人，自己剩不了几块钱。老子早就不想干了。

老乙一番话让大家陷入了短暂的沉默，是呀，做生意也不容易。

那，谁最潇洒呢？当然是老丙。老丙的单位破产了，仗着笔头儿功夫硬，老丙现在成了自由撰稿人，在家上上网，写写文章，银子就来了。

老丙说，哪有那么好的事，专业写手就不是人干的。王朔他老人家在一篇小说里说过，实在干什么都不成了才去当作家。当自由撰稿人得忍受寂寞，绞尽脑汁；要深入采访，体验生活，最起码也要把胡编乱造的功夫发挥得淋漓尽致。到头来还得忍受报纸杂志出版商的无情删改。你知道，那删的可都是钱哪。这且不说，还有出了你的书不给你钱的呢。要不是为了混口饭吃，我早就不干了。

得，还是像老丁这样最好。有同学说。

老丁是这次同游的唯一女性。丈夫经商，家庭富裕，老丁就做了全职太太。

老丁说，你们懂什么？家庭主妇也不是人干的。谁不想像你们男的那样想喝就喝，想来几圈就来几圈，想洗脚就洗脚。天天关在家里柴米油盐酱醋，女人就是洗衣机，女人就是吸尘器，我早就想找个工作了，但是老公不让，说我这辈子的大任就是相夫教子。这次和你们出来玩也是老公恩准的呢。

听到这番话，我悄悄打量了一下前班花老丁，竟然怎么也找不到那个纯情少女的模样了。

郊外，清风习习，绿草如茵。我们就地铺开一张塑料布，摆上食物。

我用叉子叉起一块牛肉刚想送入口，只听"哞"的一声叫。不远处拴着一头牛，正在边细嚼慢咽边看着我们。那一声"哞"我听懂了。它在说，牛真不是牛干的，吃的是草挤出来的是奶，干的是力气活走的是泥巴路，贡献了青春贡献生命，贡献了生命还要贡献一身的肉。

我吃不下去了，当着它的面吃它同类的肉实在不好意思。和牲畜相比人的境遇好多了。

尽管牛搅了我的胃口，但这次郊外放风还是愉快的，让我忘记了我在单位所受的欺压。回家以后我准备把我当天美好的感受写成文字贴在 BBS 上与网友共享。

我打开电脑，进入常去的论坛。此时论坛正一片混乱，版主因为与某个网友交恶正你一帖我一帖地吵得不可开交。

后来，版主发了一帖请辞，说版主不是人干的，为大家服务赔笑脸搭工夫，没人发工钱，还要挨砖挨骂。

后来，那个网友发了一帖说，以后不再来这个论坛了，本想高高兴兴地玩玩，却被版主随意删帖子屏蔽踢出门外，网友真不是人干的。

我翻看这些帖子达两个钟头，我为别人的郁闷而高兴，别人的郁闷减轻了我的郁闷。突然，显示器成了黑屏，跳出一行白字：成天被你敲被你看被你捅，上网真不是电脑干的活！

逼　供

○陈力娇

捕捕的单位要发工资了。

捕捕早上一进门就看到捕捕的同事们拿着刚领的钱嘻嘻笑。捕捕想，有什么可笑的，不就是发了一个月的工资吗？压了八九个月，只发一个月，就等于一个偌大的西瓜中的一颗黑黢黢的籽儿，得到一个子粒有什么可开心的。捕捕不屑去笑，也不急着去领，径直走向自己办公的二楼。不料出纳在下面喊：捕捕，捕捕该你领工资了！捕捕听到喊声，停住脚步，只得转身去领那一个月的工资。

捕捕站在出纳的身旁，表情十分的木讷。他按着女出纳指点签字，签完表情仍旧木讷，给人的感觉是捕捕和女人在一起没什么话可说。女出纳会意，边点钱边问他：捕捕你不高兴？捕捕笑笑没回答。捕捕想：高兴能怎么样？不高兴能怎么样？若高兴能多些钱，我宁愿高兴。捕捕觉得他这样想非常有道理。女出纳见捕捕不语，把钱塞到捕捕手里，捕捕接过揣进衣兜，转身离去。女出纳说：捕捕你不数数？捕捕说：不数。

捕捕回到办公室就看书，直看得头昏脑涨。捕捕这个月要参加自学高考，除了背题捕捕什么都忘了。捕捕不能考不上，捕捕学了就一定要考上。捕捕正给自己打气，就听楼梯一阵响，女出纳风风火火跑上来，女出纳说：不好了，捕捕，我的钱差了，你看你是不是领多了？捕捕听了，二话没说，掏出钱说：你数去，这钱我没动，也没花。女出纳就数。女出纳一连数了两遍果然出了奇迹，她说：捕捕钱我拿去了，差在你这里。捕捕说：你尽管拿。剩下的捕捕仍旧没数放入兜里。

事情至此就过去了，捕捕无愧，心里也坦荡。

不想第二天，这事竟一下子传开了。全单位的人都在议论捕捕，说捕捕如何如何。奇怪的是，捕捕却一个字不知，捕捕仍旧闷头闷脑来往于人们中间。其中有那么一会儿，捕捕去解手，回来刚走到门外，恰巧腰带扣又松了，捕捕就在门外磨蹭着想把它扣上。就是这会儿，他听屋里的人们在议论，说捕捕也真是的，50 元钱也值得那么小气，若是不追得紧，说不定就成他的了。捕捕听了打了个愣，半晌想起他们是在说自己，又想起是在说女出纳的钱。捕捕非常生气，他不允许别人在他的人格判断上有什么误差，他愤怒地闯进屋里，他说：你们，你们不要血口喷人，那钱我根本就没动，没数也没花！他的声音很大，脸很红，大家也很尴尬，讪讪地走了出去，可是捕捕还是感觉到，大家没有相信他。

这感觉一直伴着捕捕，捕捕的考试也没考好，他很痛苦，一直都郁郁寡欢，他试着和很多人解释都没有成功，没有一个人相信他没有数钱。倒是有一天，他的好朋友拿拿给他出了个主意，捕捕试了，果然奏效。

拿拿说：捕捕，你就不能挺起胸膛对大家说，你说我知道钱多了，我不但知道钱多了，我还想用它买 100 串羊肉串，20 瓶啤酒，喝它个一醉方休呢！钱吗，到谁那儿谁用，用净了拉倒。

捕捕照着拿拿的话说了，说了大家就信了，信了就平静了，就没有人对捕捕另眼看待了，只是捕捕自己觉得，这么做未免太残酷了。

新焚书记

○东　瑞

他在他所著的那五十种书上洒下了些汽油。书堆着，不很整齐，像一座小土墓。

只要一支燃着的火柴掷上去，过去的留迹全都灰飞烟灭了。

"别人都以为我写了那么多书，已发达，已成千万富翁，谁会想到而今我在失业、落魄，已三餐不继！"悔恨如浪，拍打着他的心胸。此生一步走错，竟步步走错，就这样走入绝境！他又想到："都说文人清苦，我老不相信。如今全应验了。还不重新来过？"

他盘算了一下，离60岁还有十几年光景，趁此醒悟，还是来得及的。

朋友已替他谋得一份校对工作。固定的月薪，强似做"稿匠"的不固定收入。

"一个字再也不写了。一写就如发了毒瘾，一发不可收拾。"

好，将一支火柴丢下去，烧掉他过往出版的所有著作。他的手已将火柴盒推开，将一支火柴取出来。

"这是决心强的象征。"他已一手抓住盒子，火柴就要向旁一划而过。

犹豫了半分钟，终于"嚓"一声。

火光嘶嘶叫。一朵火焰已捏在他手中。只要一掷，20年心血，50种著作全要化成灰了。他清楚地知道，自己的东西极少人看。目前红得发紫的只是那么七八个明星级写作人！因此手上的有不少是孤本。固然他风光过一时，也仅一时而已。

就在他手中的火正欲向书上的汽油掷去时，电话铃此时像是鬼魅叫似的，叫起来了。他冲向电话座，抓起话筒。

"我是你的忠实读者。"一个又陌生又低沉的声音，"我爱读你的书，可是有五种找了很久，找不到。你那儿还有么？我要买。"

他吓了一跳。

今天什么时候了？居然还有人要买他的书！他考虑了一下，只好说："有。你什么时候来？"

"现在马上到。"对方向他要了地址。

奇怪。怎么会知道我的电话呢？

他手上的火已烧到他的手，他将它塞入烟灰缸内。一会儿，有人敲门。

是一位50岁光景的中年人。

"你的大作我买齐了，有四十几种，就是缺其中五种。"那人说。他速将那五种拣出来："这是孤本了，送你。"中年人硬要他收好桌面上的100元大钞。

"你是不简单的，写得又多又好。"他留下了电话给他。直到来人走了，他望着电话发愣。心中生起了嫉妒，他竟比自己收集自己的著作更全！他想着该用什么理由再将它们买回来了。

朦胧少年

○刘建超

一

我十岁那年喜欢同院里的一位大姐姐。

大姐姐长得可好看。

高高的个，长长的腿，走路一蹦一跳，脑后的马尾辫甩来甩去。

大姐姐喜欢和女孩子们跳大绳。

两个人抡起拇指粗的大绳，其余的人排起长队依次从绳中穿过，谁被绳子绊住就被罚去抡大绳。

我喜欢看大姐姐跳绳，男孩来找我去玩"攻城"游戏，我不去。

他们说我爱和女生玩，流氓。我不理他们。

大姐姐跳出了汗，就从花格格上衣兜儿里掏出一块叠得四四方方的白手绢，轻轻地揩额头上的汗。

我都是把汗和鼻涕一起贡献给自己的两只袖头，袖口蹭得黑亮。

我想引起大姐姐的注意，故意从她身边跑来跑去。

大姐姐根本没觉察到我的存在。

想起来了，我刚刚学会了侧手翻斤斗。

我开始在跳绳的女生旁边翻斤斗，一个接一个。

有几个女生看到我了，大姐姐没看到。

我又转到大姐姐的对面继续翻，累得气喘吁吁。

我看到大姐姐用手指把零落的头发往耳后捋捋，继续跳绳。

我的斤斗就随着大姐姐的视线走。

头晕目眩，天旋地转，砰，身子打了几个滚就轱辘到大绳里了。

我终于引起了大姐姐的注意，听她问身边的女孩：这谁家的孩子？怎么这么讨厌！

妈妈惊奇地看着我头上的包，怎么回事？

我委屈地哭，说，你给我买个白手绢！

二

部队大院俱乐部前面是个足球场，我们称它为大操场。

大操场四周长满了树，有柏树，有果树。

果树挂果时，孩子们都爱去大操场玩。

家长再三交代不能去摘公家的果子，可馋嘴的孩子管不住自己。午睡时是大人最少的时候，也是孩子们去大操场的最好时机。

我远远就看见大姐姐和一群女生在一棵大果树下踢毽子。

我知道她们也想摘树上的果子，踢毽子只是作掩护。

果然，她们开始想办法摘果子了，用根小棍敲打。

我至今也没记住那是棵什么果树，树干灰黑，结的果子有玻璃球大，三五个一串，酸酸甜甜的。

女生打落了低处的几个果子后就望果兴叹了。

我看到大姐姐仰头望着树上的果子，嘴里还喃喃地说，红的都在高处。

我从没上过树，却不知哪儿来的勇气，自告奋勇地爬上了果树。

诱人的果实都在"险峰"处，我骑在树枝上一点一点靠近果实，摘下一串一串的果子抛到树下，红的，大的，我就抛给大姐姐。

我看到了大姐姐满足的笑，她还不时地给我指点着，右边，右下方那串，对对。左前方，头顶上，对。大姐姐的声音真好听。

我还兴致勃勃，女生已经吃够了，开始嚷着牙酸。

不知道是谁说，该吹起床号了，走吧。

女生嘻嘻哈哈就往家属院走，大姐姐就没再回头往树上看一眼。

我才知道自己陷入了多么糟糕的境地，我没法从树上下来。

人走光了，我裤子都蹭破了，还是下不来。我就大喊大叫，结果纠察叔叔找梯子把我拽下来了。

叔叔把我交给我妈，我屁股上狠狠地挨了一脚，嘿嘿，不疼。

三

大操场的一端有沙坑，孩子们在沙坑推沙堆，挖地道。

大姐姐来了。拿了一根竹竿，把小孩子往沙坑外轰。

学校开运动会，大姐姐参加跳高比赛。

大姐姐看着一群小孩，说谁来举竿子？

我高高地举起了手。

我和二胖被选中擎竿。

大姐调整了一个高度，就这样端着，别动。

大姐姐跳了一次，没过。又跳了一次，还没过。大姐姐皱了眉头。

第三次，大姐姐跳过去了。我讨好拍手。

二胖告状说我故意把竿子放低了。

大姐姐很生气地拨拉着我的头，捣什么乱。去一边，换个人来。

我砸了二胖家的玻璃。

四

大姐姐被挑选参加部队的文艺宣传队，和一群当兵的唱歌跳舞。

我放学就到俱乐部去看大姐姐的排练。

大姐姐唱不好一段曲子，当宣传队队长的叔叔在说大姐姐。

大姐姐哭了。

我也难受，回家不吃饭。

我就找茬整我们班的阿飞，我是班长，我有权。

我罚他扫地、打水、倒灰，阿飞不服，不服就揍他。

阿飞的爸爸带着阿飞来我家告状。

阿飞的爸爸是宣传队队长。

大姐姐要和宣传队下部队演出。

叔叔阿姨在往车上装道具，大姐姐站在一棵榕树下，榕树开满了小扇子一样的粉红色花。

大姐姐坐车走了。

我每天放学都到大姐姐站过的那棵榕树下盼她回来。

有一天，放学后，我找不到那棵榕树了，到处都是新挖的坑。

爸爸回家，说参加了义务劳动，把俱乐部前面的树都移走了，要扩建修路。

晚饭后，爸爸说要继续给我讲故事，我捂着耳朵大声说，我不听！

五

远远就见大姐姐和几个女生有说有笑。

刚刚下过雨的大操场留下一洼一洼的浅水。

天很蓝，云很白。水中有蓝天和白云的影子。

大姐姐小心翼翼地踮着脚尖绕过水洼。

我觉得自己表演的机会来了。

我刚刚参加了学校的运动会，获得小学组跳远第一名。

我瞅准了个好机会，大姐姐正好走到一片水洼前。

我噌噌奔跑过去，腾地跃起，从水洼上一跃而过。

我听到了女生"哇"的惊叹声。

我忽略了脚下的路还很滑，落地后，整个后背贴着地皮就滑出去了。

在女生嘻嘻哈哈的笑声中，我听到大姐姐说，跃起的一霎还挺潇洒。

我脸臊得通红，爬起来就跑，不让大姐姐看出我是谁！

大姐姐参军了，绿军装，大红花，真好看。

我们学校扭秧歌欢送。我扭得最欢。

在大姐姐的那辆车前，我扭着秧歌不走。

后面的同学催我，我还不走。他就推我。

我摔倒了。

大姐姐笑了，还和我挥挥手。

我心里那个美啊，真感谢把我推倒的那个同学。

回到家，洗完脸照镜子，

忽然想起，我戴着大头娃娃面罩扭秧歌，大姐姐根本就看不到我。

我再也见不到大姐姐了，才发现自己的腿也蹭破皮了。

我转身找推倒我的那个同学算账去！

六

二十年后，我和大姐姐不期而遇。

说起部队的大院，她点头，记得记得。

说起俱乐部、大操场，她点头，记得记得。

说起大果树、宣传队，她点头，记得记得。

说起我当初的种种表现，她摇摇头，是吗？我怎么不记得？

我的泪啊……

刀 殇

○墨　石

刀，是好刀。

刀长二尺二寸，重九斤八两。犀角柄，狐尾缨。刀背厚，刃薄，极锋利。刀发之时，成雷霆之势。刀过处，刃不见血。

刀客凭此刀，纵横江湖三十余年，无人能敌。刀下之鬼不计其数。凡此刀出，江湖中人莫不闻风丧胆。刀客亦因此名震天下。

这日，刀客行走江湖，至黄河帮地界，闻江湖人士纷纷传言：黄河帮帮主新近得一宝刀，此刀甚是了得，吹发即断，削铁如泥，堪称天下无双。刀客不禁冷笑，暗道："师父临终曾遗言，刀之最高境界为无刀，我驰骋江湖几十年，至今尚未参透，此刀竟敢称天下无双？"

第二日，消息不胫而走：黄河帮帮主横死本帮帮中，身首异处，其麾下八位堂主无一幸免。江湖闻之震动。后又传言：黄河帮帮主得宝刀之说纯属误传，真正的宝刀在藏刀寺。

藏刀寺。秋风萧瑟，万物萎黄。

刀客持剑，迎秋风落叶，踏门而入。却见庙内断香残烛，甚为破落。

刀客昂首，环走一周，寺内寂无一人。刀客忖道："莫非闻我前来，早已逃之夭夭？"正欲旋身离去，突然耳内似有梵梵之音传来，侧耳细听，却听不真切。刀客性起，手扶刀柄，大喝道："只闻藏刀寺宝刀天下无双，敢与老夫一比否？"

声音过处，只见寺内尘土簌簌直落。

半晌，未有丝毫动静，刀客哈哈大笑。

阿弥陀佛。一声佛号似从天飘然而至，刀客猛然一惊。手抓刀柄，左顾右盼，却不知音从何来。施主终于来了，明日午时，黄河渡边洗心亭，了却施主心愿。随即声音便像风一样越飘越远。

翌日，秋日照耀，尘土飞扬。

黄河渡，洗心亭。刀客如期而至，见亭内立一老僧。老僧长须白眉，瘦如枯柴，似乎弱不禁风。

刀客大笑。

老僧声如洪钟道："素闻施主武功盖世，手中之刀从不见红，不知果真否？"

刀客傲然道："老夫平生杀人无数，刃不见血，乃雕虫小技而已。"

老僧面色凝重，低眉，念了一声佛号，双手合十道："贫僧亦有一刀，从未见红，不知施主愿与贫僧一比否？"

刀客狂喜，仰天大笑，仿佛胜券在握。随即冷冷答道："老和尚，刀见血者败。"

言毕，刀客大吼一声，刀起，刀光雪白一片，成雷霆之势，直奔老僧咽喉而去。老僧不避反进，迎刀锋而来。

刀客吃了一惊，手中之刀不由缓了缓。刀客一生决战不下千回，如此不顾性命的战法却从未见过。

老僧的鲜血犹如奔腾咆哮的河水倾泻而出，顷刻又像盛开的一朵巨大莲花，在阳光的照耀下幻化出万道金光，直射向刀客手中的刀。刀客躲闪不及，手上一热，热腾腾的鲜血溅满了刀身。

施主败了。一个低沉的声音清晰地传入刀客的耳里。刀客心中一震，握刀的手不由自主地垂了下来。刀客忽然明白：自己败了，自出道以来第一次败了。

看着手里沾满鲜血的刀，看着老僧倒下的身躯，刀客愣在那里。

倏地，刀客扔了刀，双膝跪地，抱起老僧，然后大声喊："刀，你的刀呢？"

老僧缓缓地睁开双眼，一双枯手紧紧地抓住刀客，突然从眼里迸射出灼人的亮光来。他死死地盯住刀客，似乎要将刀客的灵魂逼将出来，然后他一字一句地道："手中无刀，心中无刀；心中无刀，手中无刀。"随后溘然逝去。

刀客恍然雷击一般，呆若木鸡，嘴里喃喃道："手中无刀，心中无刀；心中无刀，手中无刀。无刀？无刀？……"

良久，刀客突然哈哈大笑，狂叫道："师父，弟子明白了，弟子明白了……"

刀客恭恭敬敬地给老僧磕了三个响头，随后将刀掷入滚滚黄河之中。

从此，刀客绝迹江湖。

闯红灯

○聂鑫森

埋怨和后悔几乎同时到来——当他的自行车冲出停车线,而前面的红灯正灿灿地亮着时。

鲁成今天接到一项紧急采访任务——到城北的化工厂去参加企业改革的座谈会,可是一出报社,交叉路口碰了好几个,而每次都是红灯!停下来,等绿灯亮了,再往前赶。天哪,离开会的时间只有十几分钟了!他对这红灯有些埋怨起来,这座小城市有必要装这么多红灯吗?来往的车辆并不很多。

红灯!停下!着急也没有用。尽管东西走向的马路上空荡荡的,一辆大型客车刚刚缓缓驶过,还是要等——这是规定,闯红灯,罚款10元。交通亭里坐着警察,眼睛亮得很哩。

鲁成在埋怨之余,在又一个亮起红灯的交叉路口,终于按捺不住,闯起红灯来。

当自行车一冲出停车线,他便后悔了——交通亭上的警察猛地推开门,顺着铁梯咚咚地跑下来,跳到马路中间。

他冷静下来,把自行车一直骑到穿洁白制服的警察面前,没等对方说话,忙掏出记者证,说:"我是报社的,想找你采访一下交叉路口的交通情况。"

那张严肃的脸变得腼腆起来——他还很年轻。

"你要问什么，请问吧，记者同志。"

"闯红灯的人有吗?"

"几乎没有。"

"一直都没有?"

"没有!"他肯定地说。

鲁成喊声"谢谢"，挥了挥手，翻身上车。

远处驶来一辆小吉普，红灯立刻亮了起来，又有几辆自行车被拦在停车线前，当然，不会有人敢去闯红灯的。他有点儿遗憾。

是的，他得抓紧时间——离开会还有 5 分钟。这是个很重要的会议，企业改革又有了新路子，他要去写一篇有影响的报道。

前面没有什么交叉路口了，他清清楚楚地记得……

啊，铃声

○孙春平

按照上级对离休干部福利待遇的规定，韩万和离开铁路局大楼后三年，家里重又安上了电话。老韩和老伴甭提多高兴了，安装工人走后，老两口围着那杏黄色的小机器转了一圈又一圈，擦了一遍又一遍，拿起来听听，耳机里好似有一只小蜜蜂在欢唱，"嗡——"让人心跟着抖颤。啊，这不光是一种照顾，也不仅代表着昔日的权力和荣耀，它勾起了老人对逝去时光的多少美好回忆啊。

可是，电话机却好似一只哑了嗓子的小鸟，一天、两天、三天……它一次也没唱起来。起初，老韩还不时拿起它，拨拨听听，问标准时间，问天气预报，问当晚的电视节目……可慢慢地，他哪儿也不拨了，眼盯着电话机发起呆来。老伴明白老头子的心思，也只好暗暗地叹了一口气。唉，想当年，家里也曾安过这玩意儿，工作忙累了一天后回到家里，他最怕的就是它的吵叫，尤其是在深更半夜的时候。那铃声就是命令，就是呼唤，没有疑难，没有险情，它绝不会无缘无故地叫起来。可是，现在……

第五天早晨，沉默的鸟儿突然急躁地叫起来。正在阳台上浇花的老韩和正在厨房里热牛奶的老伴好似在百米起跑线上听到了枪声，扔掉了喷壶，摔下了锅盖，绊倒了木椅，一时间噼噼啪啪，乱成一团。

老韩抢先抓起了话筒，刹那间，竟产生一点莫名的激动："啊，我姓韩，我是老韩！"

152

可旋即，那昏花老眼里两点闪动的火花便暗淡下来。老韩缓缓地放下话筒，扫兴地说："他要错了，是找急救站的。"

老两口那么默默地对望一眼，转身仍去干自己的事情了。

电话突然又响起来。这次，老韩已不那么慌急了，他怔怔地瞅着电话机又叫了两声，才将信将疑地拿起了话筒。

"喂，你是8352吗？"听得出，对方是个年轻人，很急，几乎是在喊了，震得老韩忙把耳机拿远些，连老伴都听得清清楚楚了。

"对，我是8352。"

"同志，请无论如何马上给我们派辆救护车来。我母亲突然发病，浑身抽搐，昏迷不醒……"

"可我这里不是急救站……"

"人命关天，救人要紧，同志，我求您了！"

老韩愣了愣，长长的灰白寿眉陡然一抖，问："病人在什么地方？"

对方告诉了地址，再三叮嘱与道谢之后，放下了电话。

老伴惊疑了，责怨老头子："这是什么事呀，你也敢应！"

老韩没说什么，只是又拨了几个号码，对话筒说："老干部车库吗？我是韩万和，请马上给我出趟车，地点是……"

老韩放下电话。老伴犹豫了一下，还是问道："那汽车油钱怎么算？"

按照规定，离休干部用车耗油，已落实包干，节约归己。老韩望着老伴，突然孩子气地笑了："那你说呢？"

当天晚上，电话又一次唱起来，还是早晨那个年轻人，挚诚感激之情随音传来："……韩伯伯，我妈妈已经脱离危险了，谢谢您，谢谢……"

老韩的眼角湿润了，他抚挨着电话机，就像爱抚着小孙孙的脑袋，好久好久……

那以后，老韩的鸟儿仍是隔三差五才难得唱一次，而十之四五又是唱错了找急救站的。于是，他就解释，告诉人家先拨"55"；还有两次，情况急如星火，他便照葫芦画瓢，依用了第一次的办法……

那一天，检修电话的来了，老伴向人家诉了一阵苦，要求更换号码。那位师傅答应回去后立即向领导反映，并说这事好解决。老韩也没说什么，只是若有所思地又踱步又搓手，直到那位师傅已告辞出门，他才追上去说："电话号码的事……我看，就不换了吧，这样子挺好，挺好的……"

白　狼

○申　平

　　那条白狼跟踪这群人已经整整五天了。它确定的攻击目标，就是人群中的孙二楞。

　　千不该，万不该，孙二楞不该端它的老窝。

　　人群是进山来挖药的。每年的这个时候，平原上的人们都会组织起来进山挖药，然后卖到城里去。他们管这叫搞副业，也叫打快柴，目的就是要弄些现钱花花。随着城里药材收购价的不断提高，加入队伍的人也越来越多，连过去对此不屑一顾的青年人也加盟进来了。孙二楞就是其中的一个。

　　孙二楞真是个愣种，他进山的第三天就惹了祸：他发现一条山沟里好像有狼窝，就乘大家午睡的时候拎着镐头去寻找。他真的找到了一窝狼崽，并一个个将它们摔死。幸运的是他没有碰上外出觅食的大狼。

　　孙二楞干完这件事，以为自己成了战斗英雄，便把整个经过绘声绘色讲给大家听。没想到吓得众人一个个屁滚尿流。领头的秋生叔说：你这孩子真是；好端端地你去惹它作甚嘛！快，咱们赶紧换地方吧！

　　众人立刻拔起营寨，转移到另一片山中去挖药。

　　但是那条白狼还是很快就找来了。白天，它一声不响蹲在山头之上，以仇恨的眼神注视着人群；夜晚，它便来到营地附近，声声哀嚎，闹得大家胆战心惊。幸亏营地里有狗，还有火药枪，否则，说不定白狼早已蹿进帐篷里来了。

秋生叔说：我活了六十多岁，还是头一回看见白狼。听说白狗都能成精，那么白狼肯定更精了，不报仇，它是不会善罢干休的。

孙二楞到这时才知道什么叫害怕和后悔。白天上山挖药，他再也不敢离开人群半步，到了夜晚，他则钻进帐篷最里边，屁也不敢放一个。

后来有一天，白狼忽然不见了。

秋生叔说：大家还是不要放松警惕啊，我担心这是白狼在故意麻痹咱们呢。

可是一连多日，白狼真的是踪影全无，好像蒸发了一般。大家纷纷猜测说：也许那家伙已经气死了饿死了或者是让人打死了。

众人便不自觉地都松了一口气。

这天，秋生叔下令装车回转，众人都是满载而归，一个个喜气洋洋。

拉药材的车在前面走，众人在后面跟着，一路上说说笑笑。孙二楞始终走在人群中间。再转过一个山湾，前面就到平原了，这时连秋生叔悬着的那颗心，也已经放回到肚子里。大家更加放松地走着，孙二楞又恢复了本来面目，边走边怪声怪气地唱起歌来。

有眼尖的人忽然指着最后一面山坡说：你们看，坡上那是什么？

众人举目望去，但见一个黄色的东西在山坡上一跳一跳。大家七嘴八舌，这个说是狐狸，那个说是黄鼠狼，还有说是松鼠的。那孙二楞此时又上来了楞劲，他忽然朝手心啐了口唾沫，边搓边说：你们争啥，待我将它给你们捉来，看它到底是个啥货！

还不等秋生叔阻拦，孙二楞已经蹿了出去，灵活而快速地向上攀援，大家便在下面停住脚步等他。

近了，只见孙二楞离那黄色的东西越来越近了。那黄色的东西还在跳动，却不逃跑。秋生叔忽然意识到了什么，他大喊：二楞，小心啊！

就在秋生叔声音发出的同时，人们看见那黄东西的后面忽然腾起一个巨大的白影，闪电般扑向孙二楞，将他压倒在山坡之上。

白狼！人们一声惊呼，纷纷呐喊着向山上冲去。但见那条白狼从二楞身上跳起来，得意地嚎叫一声，不慌不忙地向山顶上跑去。

人们近前一看，孙二楞的喉咙已被咬断，气绝而亡。前面不远处，有一个石坑，坑边上扔着一只黄鼠狼的尸体。大家这才明白，白狼其实早已埋伏在此，并以黄皮为诱饵突袭成功的。

好一条狡猾的白狼！

狱 卒

○孙方友

陈州贺老二，老两口都是狱卒，专看死囚。无论男女，只要一犯死罪，剩下的日子统归贺老二夫妇掌管。人之将死，有什么要求，官方尽量答应。所以，贺老二夫妇做的是善事。

贺家原是大户，家道中落之后，贺老二便托父亲的生前好友谋了这个"阴阳差"。开初，是他一个人干，后来突然来了个女人犯了死罪，诸事不方便，经上方批准，妻子也便有了零差。女人犯罪率低，女狱卒多为临时。但无论如何，夫妻俩挣下的银钱也足能混饱肚子了。

由于贺老二识文懂墨，每遇到死囚有遗言，多请他落个笔记。贺老二自幼写仿，扎下了童子功，所以字很帅。被杀的人多是阳寿不长，自然有话要说。慢慢地，这便成了一条规矩。每有刑事，不等犯人相问，他就端来笔墨纸砚，隔着牢门问死囚：有话留下吗？

这情形就显得悲壮。所以，陈州至今仍流传着一句十分恶毒的咒语：有话你就留给贺老二说去！

这一年，死牢里又关了一名死囚。死囚姓白，叫白娃。白娃很年轻，还不足18岁。他是城南颖河边人，由于家贫，15岁就随陈州名匪王老五拉杆子，月前攻一个土寨的时候被官方生擒。因当时正闹捻军，无论大小，无论男女，单等秋后处斩。

白娃赶上了火候，单等秋后处斩。

贺老二就很可怜白娃，觉得他年纪轻轻，又是苦命人，便处处照顾他，他对白娃说："娃子呀，只要你不逃跑，吃啥我给你弄啥！"

白娃哭了，说："大伯，我啥也不想，只想活命！"

贺老二一听犯了难，无奈地说："俺百条都能帮你，唯有这命保不得！你既然惜命，为何当初下黑道呢？"

白娃泪流满面地说："我从小没爹，是娘苦心巴力把我拉扯大。十五岁那年，远房二叔劝我外出随他做生意，谁知出来竟是干土匪！大伯这次若能救我出去，我饿死也要走正路！"

贺老二同情地望着白娃，许久才摇了摇头说："孩子，晚了！一切都晚了！"

白娃一听，痛哭欲绝，从此不吃不喝，说是宁愿活活饿死，也不愿让母亲看着儿子上刑场！

贺老二好说歹劝不济事，就觉得很犯愁，回到家时，也把不住长吁短叹。老伴见他精神不振，问其原因。他长出了一口气，对老伴说了实情。老伴也是个好心肠，听后也禁不住为白娃担心。

老伴说："娃子就剩下这么点阳寿，总不能让他活活饿死呀！"

"我也是这么想，可就是劝他不醒哟！"贺老二满面愁容。

"都怪你把话说得太死，让他少了盼想！"

老伴嘟囔贺老二说："事情到了这一步，总该想个办法，让他活过这几天！"

贺老二望了老伴一眼，半天没吭一声。他觉得老伴说得有些道理，便开始想办法，想了半宿，终于有了好主意。

第二天，他摊纸磨墨，模仿匪首王老五的口气写了一封密信，大意是说到白娃处斩那一天，众弟兄将化装潜入陈州劫法场……信写好，他让老伴化装一番，佯装是探监，把信卷进烙馍里，偷偷给了白娃，并暗示说吃烙馍的时候要小心，免得噎了喉咙。趁守牢的兵丁不在，老太婆便谎说自己是王老五派来的，暗暗说了劫法场的事，并安排白娃说："王大哥说，要你这阵子养壮身子，到时候省得误事！"

白娃不认得贺老二的老伴，信以为真，偷偷打开馍，果见一信，更是深信不疑。他虽不识文墨，但他从老太婆口中知晓了内容，顿时来了精神，他把那信当成了救命符，贴在胸前，一口气吃了五张大烙馍。

从此，白娃精神大变，猛吃猛喝。贺老二夫妇见他再不愁生死，心中也高兴，想法生点儿照顾他。

白娃吃得白胖。

不久，时近秋月。眼见白娃没几天阳寿了，贺老二特地找到刽子手封丘，安排说："白娃是个苦命的孩子，行刑时千万别让他多受罪！"

为让白娃充满生的希望，临刑前一天，贺老二又派老伴探了一回监。贺妻特地给白娃做了好吃的，悄悄送到牢房，对白娃说："孩子，你终于有了出头之日了！"

老太婆扭脸就落下了泪水。

拉出白娃的时候，白娃精神昂扬，不像别的死囚，一脸阴气。他满面含笑地跪在刑场中央，双目充满希望，在人群中扫来扫去……直到封丘手起刀落，白娃才含笑入九泉。那颗落地的人头倔强地离开了身子，在刑场里滚动了一周——那溅满血花的脸上笑意未减，充满希望的双目仍在人群中扫来扫去，扫来扫去……

最后一只蟹

○胡　炎

一　城市

酒店内。

甲、乙、丙、丁围桌而坐。甲做东。

觥筹交错间，肥蟹上桌，诱人馋涎。

四人各取一只，津津啖之。

盘中尚余一蟹，光泽照人。

四人吃完手中蟹，皆偷暇窥盘，又恐馋相流露，勉力避之。

甲让："你们吃。"

乙道："饱了饱了，你们来。"

丙辞："还是你们吃。"

丁摇头："酒足蟹饱，弟兄们吃吧，千万别浪费。"

及之散席，蟹终究安卧盘中。唯四人眼中余光，恋恋觑之……

二　荒漠

荒野无垠，人迹罕至。

甲、乙、丙、丁瘫坐于地，满目绝望。

野游迷途，弹尽粮绝。

甲乃组织者，怀中尚余残水寥寥。

四人目射磷光，逼视救命之水。

久久，久久。

终有人伸出第一只手，继之，第二只、第三只……

一场虚弱的抢夺和殴斗打破了荒原的沉默。

万幸，一支探险车队经过……

三 城市

酒店内。

甲、乙、丙、丁围桌而坐。仍由甲做东。

乙赧颜："荒原夺水，小弟实在不该。"

丙懊悔："殴斗发生，我未加阻拦，反趁乱抢水，愧为仁兄啊。"

丁顿足："想我平日饱读诗书，满口斯文，居然做出如此不齿之事，真无脸见人呀。"

甲摆摆手："特殊情况，休再提之，权作一场梦罢了。"

推杯换盏，四人很快谐和如故。

肥蟹又上。众各取其蟹，细细品之。

盘中尚余一蟹，色香诱人。

甲让："你们吃。"

乙道："饱了饱了，你们来。"

丙辞："还是你们吃。"

丁摇头："酒足蟹饱，弟兄们吃吧，千万别浪费。"

……

走出酒店，甲忽然一拍脑门："哎呀，忘了样东西，不好意思，你们先行一步。"

　　返身入室，服务员正在收拾盘盏，幸蟹还在。甲朗朗道："小姐，打包!"

放声痛哭

○金 波

我是一名记者。由于职业的需要，我决定去公共汽车上捕捉新闻。我打扮成一个普通乘客，把微型摄像机藏好，匆匆地踏进了一辆连接城乡的公共汽车。

这是一个小偷肆虐的年代。刚一坐好，我就看见几个鬼头鬼脑的家伙，八成是小偷。之所以这样肯定，因为他们一上车就东张西望，哪个粗心大意，哪个软弱可欺，哪个的皮包便于划割，他们都看得清清楚楚。据说，为了作案成功，小偷们往往分工配合，有实施的，有掩护的，更有接应的。瞧，做掩护的那位很快就与一个姑娘聊上了，问长问短；旁边那位实施者便伸出了罪恶的手。我兴奋极了，立即将镜头暗暗对准他们。

正在这时，邻座的一位老太太突然发出一声尖叫，把车上所有的人都吓了一跳。只见她双手不停地在自己身上摸来摸去，放声痛哭道："天啦，我的钱不见了。该死的小偷！挨千刀的小偷！啥时挖了我的腰子，那可是我的救命钱啊。"

她的话一下子提醒了车上的乘客。大家警惕地巡视自己的周围，暗中提防起来，就连刚才那几名小偷——差点儿得手的小偷，也只好肃立一旁，不敢轻举妄动了。

老太太依然在哭着。发现自己毫发未损的乘客们开始同情起她来。有人问：

"你丢了多少钱？"

"钱不多，可我一个老人，挣钱容易吗？"

"要不要我们替你报警？"

"不！也许不是在这趟车上丢的呢。"老太太抬眼看了一眼大家，"大家都很忙，白耽误了你们的时间。"

她的通情达理更激起了大家的好感，这时就有人掏出一张 10 元钱递过去，"别难过，下次小心。"接着，又有若干人纷纷来捐款。

老太太一边道谢，一边推辞，脸上红红的，似乎很不好意思。车一停下来，她便匆匆走下了车。

我也跟着下车。我想采访这个老人，以便获取更有价值的新闻信息。老太太发现我在跟踪她，精神一下子紧张起来，脸色也变了，厉声喝问道：

"你、你想干什么？"

"老人家，"我笑着说，"你别害怕，我是记者，想采访你一下。"

"你真是记者？"老太太不信。

我便掏出记者证给她看。

"吓死我了。"老太太说，"我以为小偷来报复我呢。"

"你也发现车上有小偷？"

"说实话，我根本不知道车上有没有小偷。"老太太笑道，"而且，我也没有丢过钱。"

这下子该我吃惊了。

"你一定想知道我为什么要那样吧？好，我告诉你。我是一位老职工，每个工作日都要乘坐汽车上下班。过去车上根本没有小偷，后来小偷渐渐多起来。在我快要退休时，我每个月从单位领来的薪水都在车上被小偷挖走了。我恨死了小偷，可我又不敢得罪小偷。有一次，我亲眼看见一个见义勇为的青年人，被小偷和他的同伙打得浑身是伤。我所要做的就是防范小偷。可小偷作案也没有规律，有时叫人防不胜防，难免一不小心再次失窃。后来，车上有位乘客丢了东西之后放声痛哭，使周围的人一下子紧张起来。这件事提醒了我，所以我每次带着钱上车，都要放声痛哭一回，那意思就是告诉小偷，我的钱已经被偷过了，别打我的主意吧。这样不仅保护了自己，也警醒了别人；这趟车上就不大可能发生偷窃的事了。"

老太太不好意思地笑笑，接着说："退休后，我闲得无事，想到车上还有许多小偷在作案，便做起了义务警醒员。当然，我不敢直接提醒大家，那样小偷会报复我的，我能够做到的就是'现身说法'，一上车就放声痛哭一回，使大家都提高警惕。有时，遇到好心的乘客，往往还要捐助我一点儿钱财，比如今天就是。但我声明，我绝不是为了骗钱！这钱我会交到派出所去。"

听到老太太的介绍，我不仅顿悟，还受益匪浅。我握住老太太的手，激动地说："谢谢！我代表所有乘客，谢谢你！"

由于耽搁的时间不长，我又回到那趟公交车上。我发现那几名小偷还没有走掉，他们正往一位新上车的乘客身上靠，眼看就要动手了。此时我真想大喝一声，但想起了老太太的话，又害怕他们报复。情急之中，我也"嗷"的一声尖叫，然后在大家吃惊的眼光下放声痛哭——

"小偷！该死的小偷，我的钱丢啦！"

灵　感

○徐慧芬

　　A 君常从这条路上走过。

　　这天，路边坐着一个乞丐。乞丐是个 60 岁上下的老头，身上的衣服被尘灰污得辨不出什么颜色了。他弓着腰，手操一把胡琴，一下一下地拉，肩跟着一晃一晃的。头偶尔上抬的时候，人们便可看出眼窝处的凹陷——这是个盲人。

　　职业的习惯，使 A 君敏感于周围的一切。第一天，路上的行人听到胡琴声，都要侧目张望一下。偶尔有人会停下来，摸出一枚或几枚硬币投进乞丐面前的破搪瓷碗里。然而拉琴者依然拉他的琴，仿佛人已浸透在琴声中，脸上并未露出受人恩典的神色。

　　A 君想，这个乞丐倒能做到淡定如水、宠辱不惊呢！

　　第二天，两个买菜经过的大妈，朝拉琴者看了一下，同时摸了摸口袋。一个摸得快的赶紧将一枚一元硬币投进碗里。另一个打开钱包的时候，被前一个按住了手说："这算咱们俩的，你不要再摸了。"后一个大妈说："我来我来。"然而最后还是没摸出来。

　　A 君好笑：第一个用 5 毛钱做了人情？第二个也有点小气，你再给一元，穷人也不会嫌多的呀！

　　第三天，乞丐旁边走过一位穿着时髦的小姐。小姐黄发、黑唇、蓝眉和笃笃笃的皮鞋声，煞是令人注目。然而小姐似乎不雅，一边走路一边吃东西。从拉琴者旁边走过几步，又折了回来，将手里塑料袋裹着的另一只包子放到乞丐怀里后，笃笃笃远去了。

A 君感叹：时髦女郎也有恻隐之心啊！但是，且慢，是不是那女郎觉得包子不好吃，扔了可惜，顺手做了人情？还是已经吃饱了，另一个实在咽不下去了，或者突然间想到了曾立下的减肥计划？

第四天，一个腆着大肚子的秃顶男人走到乞丐身边，好奇地站了一会儿，随即从绑在身上的腰带钱包里，摸出一张 10 元钞票投入搪瓷碗里，又不放心地从地上捡起一块小石头，把钞票压住后，才离开。A 君分析：从穿戴看，这个男人有点像大款，都说为富不仁，这倒真是个例外，恐怕是盲人的琴声触发了他尚未被钱熏黑的良心，或者是这个有钱人过去也曾有过向人乞讨的经历。但是 10 元钱对发了财的大款来说毕竟是毛毛雨，算不得什么，他可能要在旁人面前显示一下优越感也未可知！

第五天，一对母子从这儿走过。小男孩看见有人往乞讨者面前扔钱币，也嚷着问妈妈要钱。妈妈极不耐烦地给了小男孩一枚角币后，小男孩开开心心地将钱投进了破碗里。妈妈一边走一边训导儿子："以后要好好读书，书读不好，就要像这个人一样要饭！"

A 君无限感慨……

第六天、第七天，A 君都有新的思考与发现。

第八天，拉琴的乞丐不见了。当晚，A 君根据这七天来不同的人对这个乞丐的不同态度，把自己的发现与思考提炼成一篇文章投寄报刊。

文章刊出那天，A 君指着自己的大作对灯下苦于作文的儿子教育道："什么叫灵感？灵感就是勤于观察加上勤于思考的结果……" A 君举一反三，儿子渐有所悟。

一小时后，儿子拿着写好的作文，送给父亲看。

作文的题目是《生活中的发现与思考》，其中一段这么写着："生活中有些人喜欢对周围事物采取居高临下的姿态左评右点，然而恰恰忘记了评判自己。比如我熟悉的一个作家在街头看到一个以拉琴乞讨为生的盲人，作家面对人们对乞丐的各种态度大发感慨，作了入木三分的分析与评判。然而作家自己却自始至终没有向这个穷苦人摸出一文小钱……"

这也太不修边幅了吧

○刘国芳

　　小林上班时，看见吴局长衣服上的扣子扣反了。上一个扣子扣在下一个扣眼上，弄得衣服一边高一边低。这样子就有些滑稽，小林想笑，但还是忍住了。回到办公室，小林把他的发现告诉了同办公室的小张和小李，小林说："吴局长衣服上的扣子扣反了。"

　　小张说："我看到了。"

　　小李说："我也看到了。"

　　小林又说："我觉得应该告诉吴局长。"

　　小张小李一起说："你去呀！"

　　小林就出去了。但走到吴局长办公室门口，小林还是没进去。小林觉得当着吴局长的面说他衣服扣反了，会让吴局长难堪，弄得不好，还会让吴局长对自己留下不好的印象。这样想着，小林退了回来，然后他跟小张说："我不敢说，怕吴局长骂我，小张还是你去说吧！"

　　小张看着小林就有些不屑的样子，小张说："这点儿事也不敢说，我去就我去。"

　　说着，小张出去了。但也是在吴局长办公室门口，小张停住了。小张的想法和小林一样，觉得当着吴局长的面说他衣服扣反了，会让吴局长难堪，或许还会让领导对自己留下不好的印象。这样想着，小张也回来了。回来后，小张看着小李说："小李还是你去说吧！"

小李说："为什么要我去说？"

小张说："你不是要送一份材料给吴局长吗，把材料给吴局长时顺便说一声，这样不会让吴局长难堪。"

小林就附和说："对，这样好一些。"

小李就出去了，拿了一份材料去了吴局长办公室。但当着吴局长的面，小林也不敢说。不过，小李这人很聪明，他虽然没明说，但还是把话题引到了衣服上，他跟吴局长说："吴局长你这件衣服很好看。"

吴局长头也没抬，只说："什么好看，都穿了好久了。"

小李就不好说什么，出来了。

这天上午，吴局长就出去了，去跟市里一个领导汇报工作。吴局长一走进领导办公室，市领导就看见吴局长衣服上的扣子扣反了。市领导立即就批评吴局长说："你看看你，扣子都扣反了，这也太不修边幅了吧？"

吴局长挨批，立即脸红耳赤地把衣服扣正了。

这天下午，吴局长回到办公室时，忽然想起小李上午到过他办公室，还提过他衣服好看。吴局长就明白了，那小李肯定看到自己的衣服扣反了，但没直说。吴局长就有些生气了，他觉得要是小李当面告诉他，他也不会在市领导跟前跌面子。生着气时，吴局长一个电话把小李喊了进来，然后盯着小李说："你上午送文件来，是不是看到我扣子扣反了？"

小李点了点头。

吴局长说："为什么不告诉我？"

小李说："我不敢说。"

吴局长很生气的样子。吴局长说："这点儿小事你都不敢说，看来你不适合在办公室做。"

小李就吓坏了，小李说："不是我一个人看到你扣子扣反了，小林小张也看到了，他们也不敢说。"

吴局长说："你把他们都叫来！"

小李就去把小林小张叫了来。

看着小林和小张，吴局长说："你们两个上午也看到我衣服上的扣子扣反了?"

小林小张点点头。

吴局长说："看到我扣子扣反了，却不说，要看我的笑话吗?"

小林小张说："不是不是，是我们不敢说。"

张局长说："这点儿小事你们都不敢说，看来你们不适合在办公室做。"

小林小张也吓坏了。

吴局长真的很生气，脸板得铁紧，他跟三个人说："这样吧，今天下午你们三个都把扣子扣反过来，也算是教训你们一回，谁不照办，就把他调出办公室。"

三个人忙把扣子扣反来，上一个扣子扣在下一个扣眼里，弄得两边衣服一边高一边低。

三个人走出吴局长办公室时，一个女同事走了过来。女同事眼尖，立即就看见三个人衣服上的扣子全扣反了，这女同事便哈哈大笑起来，然后说："你看看你们，扣子都扣反了，这也太不修边幅了吧?"

护林员老杨

○侯发山

天麻麻亮，老杨就起床了。说是"床"，其实是山上的石头支起来的石板。他打开蛇皮袋看了看，能糊口的只剩红薯了。他已上山将近两个月，干粮哪有不吃光的道理？老伴身体虚弱，不会背粮来给他的，她根本就爬不上这海拔 1800 米的山。他也想下山，可是，两个多月没下一滴雨了，正是高火险天气，林区枯枝落叶见火就着，而且在此防火期里，要一天三次向县林业局防火值班室报告林区的情况，实在是离不开啊。老杨装上两瓜红薯，背一壶开水，拿一把斧头，出发了。

山上的树木密密匝匝，郁郁葱葱。盘根错节的古榕，虬干曲枝的柏树，吐蕾展瓣的山杏，铺青叠翠的灌木……阵风吹过，绿浪翻滚，林涛作响。

老杨欣慰地笑了。

在山上整整二十年了，这些树林可都是老杨看着长大的。林很密，山上也没有路，有时他用斧头把绊腿的荆棘砍掉；有时枝桠低垂，他不得不趴在地下匍匐过去。有时从树枝上垂下几丝茑萝，缠在他的脸上；有时遇见啄木鸟贴在树上一动不动，用惊喜的眼神凝视着他；有时听见黄鹂和画眉的歌唱，但不知在什么地方……一会儿工夫，他头上的汗珠子就滚了下来，流进眼里又酸又涩，但他已习以为常了，用袖子抹拉一下脸上的汗珠，继续往前赶路。如果不抓紧时间巡视，他怕天黑前摸不回他住的山洞里。

　　来到一个小山头，老杨拿出高倍望远镜认真地四下观察，发现没有异常后，这才松了一口气。然后，他就对着大山可着喉咙吆喝起来："嗷嗬，嗷嗬……我来了！"空旷的山谷里一波一波地回荡着他的喊声。他好想和人说说话，可是山上没有人，方圆 10 公里都没有人烟，他只有自己"吼"给自己听了。可是他的声音并不美妙，他吼了几声就气馁地放弃了。

　　忽然，一阵哗啦啦的声音传来，他循声望去，愣住了，只见七八头野猪向他围了过来，看样子最大的有一百多公斤重，最小的也有四五十公斤。在离自己十几步远的地方是十多丈高的悬崖，已无退路可走。他就屏着呼吸，忍着钻心的疼痛，躲进旁边的圪针丛里，腾出一条通道让野猪过去。直到这群野猪从视线里消失，他才慢慢地爬出来。

　　老杨庆幸化险为夷。他来到另一个山头，刚放下的心又被悬了起来：他看见了山脚下的浓烟和火光！他浑身打战，又气又急，这火就像是在烧他的骨头，烧他的心啊！虽然失火处在林子边缘，如果不及时扑灭，一旦引燃山林，后果不堪设想。他拨打 119 和 110 后，立即向林业局防火值班室报告险情，随后向山下跑去。

　　等老杨跌跌撞撞跑到山下，他身上的衣服被荆棘扯得长一片短一截，脸上、胳膊上挂满了一溜一溜的血道子；他的两只黄球鞋不知什么时候跑丢了，两只脚掌上的血泡磨破又生出，血淋淋的让人惨不忍睹……他气喘吁吁大汗淋漓，加上头发长长的，胡子黑刺刺的，把人们着实吓了一跳，以为是"野人"下山了。

　　老杨看到着火的地方不是林子，是一堆干草枯叶，而且已被大伙儿扑灭了，他心里一松劲儿，一屁股瘫坐在地上，好半天才在老伴的搀扶下站起来。纵火者是一个不到 20 岁的孩子，他怯怯地站到老杨面前，不知如何是好。老杨的脸本来就黑，这下更黑了，他狠狠扇了那个孩子一巴掌，说："杨林，你不上学，咋回家放起火了？若把山林点着，等着挨枪子吧！"早有人拉开了老杨，劝说着他。老杨的老伴抹着泪，拉过那个叫杨林的孩子的手，哀怨地对老杨说："孩子早就毕业了……"

老杨愣怔了一下，愧疚地看了杨林一眼，但他什么也没说。

杨林看了看老杨，终于开口说道："我和娘好多天没看到你了，很想你，又不知道你在山上什么地方……我就弄来一堆干草点燃了，猜测你看到火光一定会下山的。"说到这儿，杨林就泣不成声了。

老杨一把抱住杨林，脸上也爬出了泪，哽咽着说："孩子，爹对不起你……"

第二天，老杨背着一袋子干粮又上山了。他后面跟着一个孩子，那是他的儿子杨林。

纶　帽

○高　军

　　我爷爷说，那时候，咱们阳都境内的漫山遍野里，纶草非常丰茂，很多人家都把它当柴禾，烧水做饭，如今绝了迹，竟变得金贵起来！

　　爷爷是有感而发，他正在看的《参考消息》上说，一顶阳都纶帽在巴黎的拍卖会上，卖到了18万法郎。

　　接着，爷爷就陷入了对往事的回忆。

　　民国二十八年夏天，徐向前的部队驻扎阳都，梁漱溟也正好来参观抗战，这时就发生了让我爷爷永生难忘的那件事。

　　一有机会他就追述这件事儿，并且经常拿出他与梁先生的合影，指着梁先生头上戴的草帽，感慨道，哝，这就是那顶草帽噢。它就叫纶帽，诸葛孔明戴的纶巾也是用纶草编的。但那时候纶帽不值钱，差不多家家都会编。很少有卖纶帽的，就是卖也卖不出几个钱。

　　当时，梁先生来到了我们阳都双凤村。这里住着徐向前部队的一个连。梁先生与战士们喝了半个月的绿豆地瓜饭，不经意地听到了那件事儿，就从我爷爷家中找出了那顶草帽，与爷爷照了这张合影。梁先生还言犹未尽地连连说，这样的军队才是充满希望的啊。

　　其实，梁先生听说的那件事儿在我爷爷看来是微不足道的。

　　有一次，队伍上的一个炊事员冒着小雨去买菜，爷爷就主动把草帽扣在了他的头上，这个炊事员推脱了一阵后，才戴了去。

过了几天，这个参加过长征的炊事员泪眼汪汪地来找爷爷，满脸歉意，老乡，对不起您啦，草帽让我弄丢了，这是赔您的款子。

　　哎呀，一顶破草帽还赔什么钱！爷爷当时感到很可笑，庄稼人自己编着戴的草帽，俺家里有的是，不用赔！

　　老炊事员却没完没了，直到爷爷收下他的钱后，才露出笑容。

　　不久，队伍就又在村前的广场上集合，很多老百姓去看热闹。每回队伍集合都是又讲又唱的，村里人就都爱去看。爷爷那时才18岁，是爱凑热闹的人，也去了。

　　看着看着，爷爷就感到这天与以往不同，炊事员在台子上站着，神情很沮丧，爷爷就担心是不是与自己的草帽有关。

　　一人站在台上来回挥手，队伍就唱，其中有一句是，不拿群众一针一线。爷爷后来才知道，这是一首著名的歌。爷爷说，我们的队伍就是唱着这支歌打下天下的。

　　唱过之后，炊事员就走到台子中央，满脸痛悔地说草帽的事儿，整个会场就变得一片寂静了。

　　接着，又有一些战士上台发言，神情都很严肃，最后又有一个当官的讲话，还是说的这个事儿。

　　对于这件事儿，爷爷唠叨了一辈子，最后总是这样结束，这样的队伍，真严。

　　让我爷爷更难忘的是，草帽不久后就找到了，炊事员把它晾在墙头上后忘了，结果这顶纶帽被风吹到了野外，正巧被爷爷发现了，顺手拣了回来。

　　爷爷拿着草帽，又去了队伍上，告诉了炊事员和首长，并要退钱。钱怎么也没退下，队伍上说，纪律要严明，赔了就对了。

　　当时，梁先生是从国民党省政府所在地东里店进入阳都的。两下对比，梁先生对国民党更加失望，他说他们"纪律松弛""酒菜奢侈""绝不似身处山村之中，更鲜艰苦抗敌之意"。

从此，梁先生也看到了民族希望之所在，逐渐走向了革命阵营。

爷爷充满怀念地说，梁先生那么喜欢纶帽，本想送他一顶，可梁先生怎么也不要，只是戴了戴，照了这张合影。

爷爷一再说，他那顶纶帽要是保留下来的话，要值 18 万法郎还多得多。

对他这话，我们都神情严肃地点头，表示相信。

池塘无鱼

○ 程宪涛

　　一方烂池塘，不知道何时形成，坐落在村头的公路左近。雨水丰沛年景不见水多，干旱少雨岁月不见水少；有风时波纹荡漾展示满面笑容，无风时波澜不惊静如处子。有闲赏日月光华，痴看世事变幻的情态。风调雨顺的光景就被村人置之不理，干旱无雨的年头就来担水灌溉，村人都知道这是一池死潭，里面除去蚊蝇幼虫并没有其他生物。

　　某日，村人发现池塘旁高坡处草丛里竖起一木牌，上面用红色油漆歪歪扭扭地书写着几个字：此塘无鱼！后面的感叹号像人倒立的小手指，惊叹出莫大的讽刺意味。村人都觉得好笑，想必这是哪个闲人无聊恶作剧，吃饱饭撑的没事情干，就哲学家似的来逗趣。想法也就到此结束，甚至懒得去费脑细胞猜想，懒得饭后茶余继续传播。

　　忽一日，从乡村公路上绝尘而来一辆轿车，在烂池塘边缘徘徊片刻，让人想起孔雀东南飞绕树三匝的情景，小车后来就干脆停下来。三十多岁的乡长陪伴着一个五十多岁干部模样的人走下车，在池塘周围指指点点，有点恋恋不舍的样子，尤其对那块木牌感兴趣，像毛驴拉磨一样围着转很多圈，最后终于离开池塘奔乡政府而去。

　　乡长就在第二天来寻找村干部们，见到他们就鼻子不是鼻子脸不是脸地质问，谁的手爪子痒痒用砖头磨磨，那么讨厌在池塘边插一块木头片子，一下子让副县长瞄上了，周日要邀请几位局长来这里钓鱼。

村长说，池塘里没有鱼。

没有鱼为什么要立那样一块牌子，你不知道有一个成语是此地无银三百两吗？简直是无理取闹欲盖弥彰。

村长幽默地说，要不我把那块牌子拔了，再把插牌子的人找出来训一顿。

乡长说，别拔牌子了，副县长说了，如果池塘里面没有鱼，而能钓上鱼来，那样才是真正的本事，才有真正的意境，有鱼钓上来鱼那算什么能耐。

村长就嬉皮笑脸地说，全村人就要大饱眼福了，等着看钓鱼的风景啊！比姜太公钓鱼还厉害呀！

乡长说，别耍贫嘴了，明天赶快组织人向池塘里面投鱼，最近几天不要喂鱼食物，免得鱼儿不愿意咬钩。

村长就一脸愁容，几天的工夫，鱼怎么能长大呢？拔苗助长也不行呀！

乡长指点村长说，你真是榆木脑袋，多数买一斤左右重的，其余买一些大个的鱼，重量品种不等，就像放养的鱼一样，这样才显得真实，不让领导们产生怀疑。

买鱼的钱呢？

不会亏待你们的，你个铁公鸡啊！

被乡长骂了一通的村长反剪双手满意而去。

周末，果然驶来小车面包车数辆，这些人一看装束打扮就知道是领导。他们各种钓鱼的装备齐全，什么帐篷阳伞简易座椅，让小村人眼界大开一饱眼福，领略到什么是休闲娱乐。池塘四周成为小村的风景。

这样，每有风和日丽的日子，池塘周围就会热闹一番。当然头几日的晚上这里就有一阵忙乱。在乡长指挥下，就会有新的鱼投放进来。

一年后，某副县长被任命到另外的岗位，乡长也随之调回县城。池塘周围又开始冷清起来，就在乡长回城的晚上，池塘一夜之间干涸了，一滴水都没有了，烂草碎石黑色的淤泥裸露出来，就像瞎子的眼睛绝望地望着天空。

赝　品

○张晓林

　　字画有赝品一说。赝品，从某一个角度去看，也叫作伪之作，是针对真迹而言的。在书画艺术的历史长河中，赝品之说究竟起端于何时，已不可详考了。据有关资料记载，南朝宋泰始年间的虞龢《论书表》里曾提及过当时作伪的方法，但描述过于简略。到了北宋的米芾，才有了更为详尽的记载。他在《书史》一书中这样描写道："智永《千文》。唐粉蜡纸拓书，内一幅麻纸是真迹，末后一幅上有双钩摹字，与《归田赋》同意也。料是将真迹一卷，各以一幅真迹在中，拓为数十轴，若末无钩真字，因难辨也。"这个作伪者的手段真是高超，他将真迹割裂开来，与拓本相杂糅进行装裱，真真假假，假假真真，连米芾这样的鉴赏大家都感到判断其真伪的困难！

　　为什么会有赝品的出现，也就是说，为什么有人要去作伪呢？这一问题，还真不好回答。

　　南朝的新渝惠侯雅爱二王法书，只要是他过眼的二王墨迹，从不问价钱贵贱，都要想方设法买下来藏之密室。这还不过瘾，他又在京城大街小巷张榜招买二王书法。很多会涂鸦几下的人兴奋起来了，纷纷照着二王笔迹依葫芦画瓢进行模仿，然后用茅草屋下雨漏滴下来的污水把纸染成烟黄色做旧，让人看着像有些年头了。这些人挖空心思、绞尽脑汁、不辞劳苦干来的结果，就是他们腰里揣满了大把的银子，而新渝惠侯的密室里则多出了一纸纸黑色的垃圾。

北宋徽宗一朝，作伪之风愈演愈炽，甚至出现了一些字画作伪专业户。他们或自己模仿别人书迹作伪，或利用别人所摹写作品作伪，或将古人真迹揭裱若干轴作伪，花样百出，不一而足。

葛蕴、葛藻兄弟俩可视为其中的佼佼者。

葛蕴专摹李白墨迹。他模仿的李白真迹《李白醉草帖》，竟然达到了形神兼俱、惟妙惟肖的地步。后来，他把此件赝品送到了苏轼的好朋友王诜府上，得帛绢三十缙。

葛藻没有哥哥这种本事，但他作伪的方法比他哥哥还要聪明。米芾客居苏州时，葛藻就在米芾住室的隔壁租了一间房子。每天清早起床，他都要去米芾门前徘徊。见米府婢女出来买菜或倒垃圾，他就飞快地跑上前去，问婢女："今日可有米公临帖之作？"婢女往往会小心翼翼地袖出一张皱巴巴的纸来。葛藻接过，付给婢女一点碎银，便匆匆离开。

婢女所给他的，多是米芾临写前人法帖、不满意所扔掉的。

等葛藻积攒下二十余纸米芾的临作，就效仿唐人张彦远《历代名画记》的做法，把米芾临写的王羲之、张长史、怀素、颜真卿等前贤法帖，按时间顺序装裱成一长卷，取名《历代名帖记》。又觅民间治印高手，照《历代名画记》上的印一一治印，然后又仿照着逐幅印好。

一日，葛藻登门拜访米芾，呈上《历代名帖记》让米芾过目。猛丁里，米芾竟然没有看出是自己的临作。揣摩一阵子，米芾很惊愕地问："你从哪儿得来的？"

葛藻说明根由。米芾大笑。

不久，葛藻的好友江都陈奥来访，葛藻就把《历代名帖记》赠给了他。

其实，米芾本人就是一个作伪的大家。

在对法帖的鉴定上，米芾也堪称一代宗师，他鉴赏古人法帖着眼很全面：书家的风格与师承，作品上的题跋、印章及书写材料，他所掌握的文献记载，乃至历朝历代的习惯、避讳，等等，都是他所考虑的因素。因此，凡经米芾鉴定过的字画，其他人就不会再说什么了。

有人得了一幅前人法帖，心里不踏实，就找米芾来了。

画幅展开，米芾说："唔，不错，晋人的东西。"

来人吃了定心丸，脸上乐滋滋地走了。他知道该怎样对待这件东西了。

有时候，来人带来的法帖让米芾动心了。他就会暗暗地叹一句："所遇非人呐！"然后他就会对来人说："墨宝先放这儿，我得查查文献记载，过一天你来取，我会给你个确切答案。"

来人走后，米芾会将此帖临摹十数遍，然后挑出一幅自己满意的，与真迹放在一处，等人再来，他会说："喏，这两件都是真迹，你选最好的拿走吧。"

来人往往会把米芾的临作取走。

有一次，有一个人得了一幅戴松的《斗牛图》，叫米芾来鉴别。米芾一见这图，内心连叹："所遇非人呀！"并老调重弹，让那人隔一天来取画。

再来，那人果然取走了米芾的临作。

可是，很快，那人又来了。他对米芾说："这是件赝品，假的，把真迹还我！"

米芾很惊讶。"你怎么知道是赝品？"

那人说："这牛眼睛里没有牧童。"

米芾把真迹还给那人，又暗自叹道："京城多高人啊！"

古人作伪，可见境界不同。米芾作伪，他是想用赝品把所有他喜欢的真迹都换过来，细心地研读学习，这是对艺术的痴狂，是抛却了世俗的大性情。

作为鉴赏大师，米芾与一些书画收藏家颇多交情。譬如沈括。沈是收藏大家，二人在收藏字画上的见解却是英雄所见略同。

沈括对那些附庸风雅、有钱却无识的时下收藏家斥之为"耳鉴"。也即一听到是某某名家的作品，如钟繇、王羲之、顾恺之、陆柬之辈，不管作品神采气息若何，便纷纷解囊购买。更有可笑的，单凭手去触摸印章，认为色不隐指者为古人墨迹，沈括形象地称这一做法为"揣骨听声"。这些人对那些神采飞扬，作者却名不见经传的作品常常是嗤之以鼻。

对沈括的高论，米芾深以为然，并慨叹道："这就是赝品滋长的土壤啊!"

平日，沈括很推重米芾，闲暇时常邀米芾一起品茶、赋诗、谈论书画，每每搜罗到古人墨迹，也先让米芾过目。

春天来了，沈括把所藏的字画拿到院子里晾晒，并邀请米芾、章惇、林希、张洵来品茶观画，谓之"曝书会"。

茶喝到高兴处，沈括取来一幅王献之的法帖，对大家说："此帖精彩极了，不可不一睹为快!"

法帖展开，米芾笑起来，说道："这是芾的拙笔啊。"

起初，沈括以为米芾的癫狂劲儿上来了，和他开玩笑，就正色道："这是沈家的传世之宝，怎么会是元章的大作?"

米芾又是一笑，走上前去，用茶水轻轻涂在法帖的一角，旋即，就出现了"宋元祐三年米芾临摹"字样。

米芾还对大家说："虽经数年辗转，但芾还是认得出自己的手笔的。"

沈括的脸色变得很难看，由青转白，再转黄，他把这幅法帖狠狠地摔进了书橱。"曝书会"不欢而散。

后来，沈括著《梦溪笔谈》一书，其中专辟"书画"章节，连章惇、沈辽辈都有所记述，唯独对米芾，却只字没有提及。

没宰名片

○秦德龙

省里的那座著名大医院，出现了一面专家墙。几百名专家的头像和资料印到了墙上，引得许多人观望。"太好了，专家在墙上微笑了，专家要优质服务了。"一夜之间消息传遍了城乡。

二叔在儿子的陪伴下，到省城看病来了。

吴小手在省城工作，经常有老乡来投奔他。二叔也找到吴小手，让他领着去看专家。

"二叔，您打算看多少钱的病呢？"吴小手盯着二叔问。二叔不解其意。吴小手说："比如说感冒吧，有几块钱的，有几十块钱的，有上百块钱的，还有上千块钱的。"

二叔的儿子说："哥，别兜圈子了，俺爹没感冒。俺爹脸色蜡黄、肚子疼、浑身乏力。就是想让专家看看，到底是啥病。"

"我没别的意思，就是想让你们知道，看专家要花很多钱。"

"不就是10元钱的挂号费吗？"

"告诉你，挂个顶级专家的号，要花200元钱。就这还不一定能挂上呢。有的大医院，已经炒到1000元钱了。1000元钱，进去就看，不用排队了。"

"俺还是排队吧。俺没有钱，俺有时间。"二叔插话说。

"呵呵，我知道二叔不舍得花钱。但我实话实说，有病来大医院看，这就对了。但我提醒你们注意，在专家面前，千万不敢叫板！"

"我们是来看病的，怎么会和专家叫板呢？"二叔的儿子嘟哝着。

"我也是好心提醒你们嘛。一定要做到不生气、不着急、不唉、不怕贵、不失礼！不然的话，看了内科，就把你转到外科，再把你转到放射科，最后又把你转到中医科！"

"……俺不看病了，俺回家吧。"二叔沉下脸说。

"怎么能不看病呢？放心，专家墙都出来了，说明医患关系正在改善。要相信医院，相信专家。《儒林外史》不是说了嘛——医家要有割股之心！"

"我们不会挨宰吧？"二叔的儿子担心地问。

"不会。但一定要克服把专家妖魔化的心理，一定要相信专家！"

吴小手和堂弟搀扶着二叔，站在专家墙下，眼花缭乱。几百名专家在墙上微笑，他们不知道哪个专家好。

吴小手指着一个姓吴的专家说："就挂他的号吧，一笔写不出两个吴字嘛，都是本家，砸断骨头连着筋呢。"

挂了，10 元钱，没有传说的那样炒到 1000 元钱。当然，也可能是吴专家的只值十块钱。吴小手解释说："专家嘛，副主任医师以上，都有资格当专家。"

吴专家给二叔看了病。有个女实习生在一边观摩，做记录。

"肚子疼吧？"吴专家让二叔躺在床上，敲着二叔的肚子问。"疼，越敲越疼。"二叔忍着疼说。

"真的很疼？真的很疼，我也没办法。你唱个歌吧，分散一下注意力。要不然，肚子会更疼。"吴专家建议说。"我不会唱歌。"二叔用微弱的声音说。"那就唱段戏。会唱戏吧？"吴专家又问。

二叔痛苦地摇着头，表示不会唱戏。

"啊！"二叔拼命地呼叫了一声。

"不要叫，千万不要叫！不然，我会晕过去的！"一旁的女实习生娇嗔道。

"你说什么？"吴小手逼视着女实习生，"病人这么痛苦，你没看见吗？"

"这点病痛算什么？比起要死的病号，差远了。想一想，老红军身上残留着几十块弹片，不也活到 99 岁吗？"吴专家故作轻松地说，"看在你们是本家的分儿上，我就不批评你们了。"

"你可以批评。但你要记住，你说的每一句话，都要负法律责任。"吴小手对专家说着，亮出了一张名片。是一张律师的名片。这张名片，不是他的，是他在律师事务所拿的。

吴专家的目光软了下来。吴专家给二叔开了药方，刷刷刷，字写得龙飞凤舞。

划过价，才知道花了几十元钱。吴小手笑着说："我们取得了防御性胜利。"

二叔也笑了："吴专家没宰我们。"

二叔的儿子说："他不是没宰我们，而是没宰名片。"

三个人走出了医院，来到专家墙前，又看见几百名专家在墙上微笑。二叔身子一弯，朝专家墙鞠了个躬。

围　猎

○金　光

　　后山村至今仍保留着传统的围猎习惯。每年冬天，青壮年汉子都要拿起猎枪上山围猎，所猎的动物能卖钱的分钱，不能卖钱的就分肉。

　　围猎虽然原始，但在这豫陕交界的商洛深山不失为一种打猎的好办法。汉子们进山后，先是查看猎物留下的痕迹，从中判断猎物的去向、经过的时间及其类别，然后就顺着踪迹往前跟，直到发现猎物这才分散开来。每人把住一个猎物要经过的山豁路口，由一人居高临下观看猎物的动向，向守豁人喊话，直到守豁人看到猎物并开枪打死，围猎就算成功了。

　　大家都说今年的围猎要比往年有意思，因为阳坡根的泉子从部队上退伍回来了，他肯定要"露"一手。

　　泉子在部队上当班长，是出名的神枪手。据说他打出的子弹比全村人过年放的鞭炮还要多，有人听后就羡慕得直咂嘴。

　　初冬，头场雪刚下，村上的秋生和树森等儿时的猎伴就来邀请泉子上山围猎。大家许愿说，这几年他不在家，亏了，今天如果猎住，不论是什么，泉子一个人得分一半儿。

　　泉子有点犹豫，秋生就向树森使了个眼色，从墙上取下泉子爹的土枪，拉着泉子就出了门。

　　今天的运气的确不错，几个人刚上山就辨出了一只香獐子的蹄印。秋生用食指在印痕上扒了半天说："它往东跑了，刚过去不久。"

几个人"呼啦"一下分散开来，顺着蹄印跟踪。到了晌午，终于在一个阴坡地发现了香獐子的动向。

"不小呢，能弄一两多货。"秋生望着远处，两眼发亮。

"现在麝香多少钱一两？"泉子顺着枪口装进了一粒铅弹。

"咱这地方1800块，听说弄到广州、香港能卖四五千哩！"树森用手比画起来。

"×××，今天该咱们发财！"秋生掂起手中的枪说，"泉子你枪法准，从左边的山梁后边绕过去，堵在对面的豁口上，×××准从那里过；树森在右边的豁口上守着，剩下的就堵在这里，我上山峁上喊方向。"

秋生的话使泉子想起了部队的团首长，部署起兵力既内行又有威严。

泉子没吱声，默默地掂着土枪从梁上绕了过去，然后藏在那个崖豁的树丛中，一动不动地盯着前方。

泉子盯了一会儿，就想起了在部队演习时的情景。

也是这样的天，也是这样的山，泉子扮着"红军"的一方带着班上的人卧伏在树丛中，眼睛紧盯着随时都有可能偷袭过来的"蓝军"敌情，一旦发现情况马上予以处置。不过泉子每次都将自己班的小阵地守得固若金汤，受到首长们的表扬。要不是那场意外事故，兴许泉子还能有资格考上军校呢。

那天，泉子正埋伏在一个山口上，突然从林中蹿出一只肥胖的野羊。在家习惯了围猎的泉子手痒痒的，悄悄往枪里装上了一发打靶时藏下的子弹，"砰"的一枪，野羊应声倒下。

"谁在那里打枪？！"一声严厉的断喝之后，山坡下顿时响起了紧急集合的哨子。当泉子拖着死野羊走进队列时，被团首长勒令站在了队外。

之后的日子里，泉子接受了一连串的审查、教育、批评，最后团里给他的"记大过"处分上公布了他犯下的三条错误：私藏子弹；违反演习纪律而真枪放弹；杀死国家保护动物，触犯法律。尤其是第三条，他开始莫名其妙，后来才逐渐弄懂了。事情虽然过去两年多了，但泉子始终感到那个"伤疤"在隐隐作痛。

"泉子，注意，那家伙果然往你那边去了，有200米！"秋生在山峁上突然开了腔。

泉子检查了一下手中的土枪。

"泉子，150米！"

泉子探出了头，向远方的秋生招了招手。

"泉子，100米！"

泉子举起了枪，他从准星延长过去，看见一只又肥又大的香獐子正在荆棘丛中穿行着向自己奔来。

"泉子，开枪！"秋生发出了命令。

泉子的食指勾住了扳机，左眼一闭瞄准了香獐子。一刹那间，他觉得眼前出现了一只野羊，两只手便立刻不停地抖动起来。

"泉子，打呀！"秋生的语气显得焦急。

泉子终于扣动了扳机，在枪响的同时，泉子闭上了双眼，枪口朝上了天。

"砰！"一颗铅弹向天空中飞去。

香獐子听见枪声，猛一抬头，"嗖"地一下从泉子身边跳了过去。

句 号

○魏永贵

每一次从刑场下来，老安都会去市区一家洗浴中心，泡一个痛痛快快的澡，洗去一身的晦气。

老安是 A 市一名年轻的法医，穿警服的医生。除了鉴定伤情、解剖尸体，他还有一项重要的工作：画圈。给死囚的生命画上句号。

行刑现场，死囚在法警的枪口下跪立。戴口罩和手套的老安会掏出听诊器，在死囚的后背找出最接近心脏的部位，然后用粉笔画出一个圆圈。随后，法警的的子弹会从那个圆圈进入。之后，老安会再一次用听诊器检查死囚的生命体征。证实死囚没有丝毫生命迹象之后，再在死囚执行书上签字。到此，老安的工作算是告一段落。

老安是一个十分敬业的人。虽然他穿着警服，但他实际上还是一个医生。救死护伤挽救生命本是一个医生的天职，他却要不时地给一些人画上生命的句号。这是让老安困惑了许久的一个问题。时间一长，老安似乎接受了这样一个事实：作为终结罪恶生命的人，他觉得让一个死囚怎样迅速无痛苦地死去，才是最大的人文关怀。要做到这一点，对老安而言，就是要迅速准确地把死囚心脏的位置给标出来。

老安于是痴迷上了对人体心脏位置准确测定这个命题。他阅读了大量关于心脏医学的书籍，查阅并掌握了众多人体解剖中心脏位置的些微差异和判断。老安开始撰写长篇论文《关于死囚执行中心脏位置的 N 种判定》。

那一天，老安执行一次死囚行刑任务后又到洗浴中心泡浴，当时他的情绪很有些波动。此前半个小时，他给一个即将被执行的女囚后背画圆圈的时候，怎么也没有想到，那个妖娆的女子会回头看一眼，而且嫣然一笑。

那一刻，老安手中的粉笔差一点掉了下来。

老安看到了世界上最绝美的一笑。

老安随后还听到了那个女子的一句话，那句话是一边微笑着说出来的：警官，你的手在我后背好舒服啊……

老安是迷迷瞪瞪从刑场回来的。直到他一丝不挂走进有些发烫的水池中，还在回忆刑场上那女子的一笑。这时候一声炸雷在耳边响起：你小子找死吗！

老安的脸上同时挨了一巴掌。老安惊醒过来，发现面前的池水中是个一堵墙似的胖家伙，浑身绘满了张牙舞爪的龙。老安疑惑地看着眼前这个大黑龙，旁边一个瘦子说话了：看什么看，你不想活了，把水溅到龙哥身上了！

老安知道自己此刻处于劣势，因此选择了忍让，退到了水池的一个角落。这个叫龙哥的家伙的后背上也有一条龙，根据经验判断，龙眼睛正好在他心脏的位置。老安想，如果此刻枪毙这个恶人，就可以省去在他身上画圈的手续了，照着他后背的"龙眼"来一枪，就万事大吉了。老安这么一想，似乎抵消了刚才那一巴掌的羞辱。

老安关于死囚心脏位置判定的论文的撰写接近尾声了。他还需要一个实例就可以结束论文了。

这一天，机会来了。

领导很郑重地告诉他，明天要执行一名罪大恶极的死刑犯，而且也是最后一次执行枪决，以后执行死刑要改用药物注射了。

老安说请领导放心，一定会圆满完成任务。

老安要圆满画一个圈。最后一个句号。

老安要把这一次死刑心脏检测的过程写进论文的结尾，给论文画一个圆满的句号。

第二天上午老安准时出现在阳光灿烂的刑场。一个膀大腰圆的死刑犯被全副武装的法警押下了囚车。当老安的目光与这个面部肌肉纵横的死囚对视的时候，他在心里咯噔了一下：这不就是几个月前在洗浴中心遭遇的"龙哥"吗？

"龙哥"在指定的位置跪了下来。

老安没有先摘听诊器。凭着记忆，老安能准确找到"龙哥"后背上"龙眼"的位置。老安拍了"龙哥"后背一巴掌：你就是龙哥吧，记得半年前在泰华洗浴中心，是否打过一个人一巴掌？

"龙哥"回头瞅了老安一眼，似乎想起了什么，忽然又哈哈笑了：我杀人都懒得记了，还记得什么狗屁打人的事……哈哈哈！

老安哗啦掏出听诊器，边说：好，你，厉害！老安一边又拍了"龙哥"后背一巴掌。

老安十分专业地开始给"龙哥"测心脏。跳动最剧烈的地方，就是心脏位置的所在。老安十分自信地让听诊器匍匐在"龙哥"宽阔的后背那个记忆中的"龙眼"上。过了许久，老安没有测到心跳的声音。

奇怪。老安把听诊器听诊的范围稍稍扩大了。依然没有心跳的声音。

老安十分疑惑，他把听诊器收起来，准备检查一下，忽然，面前黑塔似的"龙哥"噗的一声栽倒了。

"龙哥"吓死了。

那一刻老安知道：自己论文的那个句号永远画不上了。

一片冰心在玉壶

○童树梅

这天，城里最有名的古玩一条街上走来一位面带戚容的老人，老人四处寻找了一下，便径直走进一家叫"冰心玉器店"的门店里。

一进店里，只见眼前宁静雅洁，错落有致，各色玉器琳琅满目，古色古香。见有客人进来，一个面容清秀、个子高挑的年轻人迎上来轻声说："老伯，请随便看。"

老伯却没有心思欣赏那些玉器，而是从怀里哆哆嗦嗦地掏出一个暗红色的匣子，打开，竟是一个通体雪白几近透明而又玲珑剔透的玉壶！老伯神色黯然地说："我不是买玉的，我是卖玉的，请你看看这个玉壶能值多少钱？不瞒你说，这可是我的传家之宝啊！"

年轻人一听，神色凝重起来，当下戴上一副洁白的手套，双手小心翼翼地捧起玉壶，上上下下、前前后后地审视起来。看了有两三分钟后，年轻人把玉壶轻轻放入匣中，客气地说："请问老伯一句，您为什么要卖这传家之宝呢？"

听这一问，老伯的神色更是悲伤，说话声音都沙哑了："要不是我那刚刚成年的女儿突然得了急病等钱用，我是无论如何也不会卖这宝贝的，想不到这宝贝传了好几代，现在却在我手上没了，我真是个败家子啊！"老人说到这里泣不成声。

年轻人连忙为老人端上一杯热茶，然后若有所思地说："这么说……

这个玉壶我收了，5000元行不行？"

老人一听，抹干眼泪连连点头，说："行行行，你可帮了大忙了！"

老人拿了钱刚回到家里，一个一脸焦急的女孩子就迎上来："爸，你试过林峰了吗？怎么样？他令你满意吗？"

老人——也就是女孩的爸爸却叹口气，摇摇头说："小君，正如你所说，他人很好，年轻人的肤浅和傲气在他身上一丝也没有；可有一点儿不足，他的眼光也太差了，那个昨晚在古玩市场买的只花了400元的仿古玉壶，他竟给了我5000元，你还夸他是个识玉的高手哩！识玉不准，识人肯定也不准，我怕他不会真正珍惜你的……"

原来，这女孩叫陈小君，美丽如兰，纯洁如玉，却越来越成为爸爸的一块心病。

老人是位退休教师，自从好多年前小君妈走后，他怕小君受委屈 直没娶，如燕子垒巢般一点一点带大小君。现在他越来越老了，身体一天一天地衰弱下去，可小君的终身大事却一直没有着落。要是小君找不到一个可以托付终身的如意丈夫，他会死不瞑目的。

前些天听小君说，有个叫林峰的高中同学向她表露了心迹。林峰在古玩一条街上开了家玉器店，老人听了左思右想后，便演了这出戏试他一下，不想却很失望。

谁知小君一听却叫了起来："不可能，他不会不识玉，我知道他在玉器鉴定方面钻研得可深了……这样吧，我要当面再问问他！"

小君来到"冰心玉器店"，里面静悄悄的，一个顾客也没有。林峰正专心致志地看一本厚厚的精装书，不用说又是玉器鉴定方面的。

一见小君进来，林峰忙合书站起来招呼她。

小君正要开口，忽然眼睛睁大了，她看到，一旁的杂物箱里竟扔着一个暗红色的匣子——正是那个装假玉壶的匣子！

小君抢步上前拾起匣子，打开，那个玉壶正静静地躺在里面。

小君故作惊讶地说："林峰，这么贵重的玉壶，你竟随随便便地扔在这里。"

林峰听了淡淡一笑，说："这是个假玉壶。假玉在别人眼里或许还有些价值，但在干我们这行的眼里就分文不值了，万一从我们手里流出去，那就叫自砸招牌了。"

小君听了更为惊讶，问："假的？既然知道是假的，你为什么还把它收进来？难道是你看走了眼？对了，收这个假玉壶，你花了多少钱？"

林峰还是一副气定神闲的样子，说："钱倒是花了一些，5000元。可我不是看走眼，我只是想帮助那位卖玉壶的可怜的老父亲一把，他的女儿得了急病没钱治。遗憾的是，我只能给他这么多。"

小君的心里一下子溢满温柔，又说："可你跟人家并不认识。"

林峰摇摇头："如果5000元能治好一个女孩子的病，那我又何乐而不为呢？"

小君提高音量说："可我知道那个卖玉的老人说了假话。他是有个女儿，可他女儿健康得很。他利用了你的同情心！"

林峰一愣，但很快回过神来，说："如果真是这样，那就更好了，这世上少了一个生病的女孩，不是件大大的好事吗？"

店里一时安静下来，只有两双眼睛在默默交流。小君的脸突然像晚霞一样红，轻声说："假如那个生病的女孩是我呢？"

林峰凝望着小君的眼睛，毫不犹豫地说："如果是你，我会立即卖了这个店，不，我愿拿我的一切换回你的健康！"

店外有一位老人一直静静地站着，听到这里他转身，背着双手悄悄地走了。此刻他的心里充满了愉悦。那男孩的眼光果然不错，女儿的眼光更不错，自己可以放心地把女儿——这世上最宝贵的美玉，交给这个识玉的小伙子了。

牵宠物狗的老妇人

○ 阎耀明

牵白色宠物狗的老妇人步履蹒跚地走在人行道上。

每天，牵白色宠物狗的老妇人都要步履蹒跚地在人行道上走过，人们早已习以为常。现在家庭养宠物狗已十分普遍，牵宠物狗在街上散步的人已是屡见不鲜。自然，老妇人牵着白色宠物狗在街上走就像一阵风在街面上掠过一样，毫不足奇。

但坐在街口下棋聊天的三位老者注意到了老妇人的与众不同。

第一位老者说，一家养一只宠物狗也就足够了，这个老太太怎么一下养了四只？

真不可思议。第一位老者接着说。

第二位老者也有了新的发现。这个老太太居然给她的宠物狗都起了奇怪的名字，叫大猫二猫三猫四猫。

是么？第三位老者问，你怎么知道？

你没有听到么？我亲耳听到老太太叫她的宠物狗就是这么叫的。第二位老者说，她刚才从咱们眼前走过时就是这么叫的。

第一位老者似乎还在考虑刚才他提出的问题。这老太太的老伴儿是去年去世的，她大概是身单影只的过于寂寞了，才一下养了四条宠物狗的。

第三位老者说，你的理解很有道理，只是老太太给狗起名叫大猫二猫三猫四猫我没有听到，也不太可能，又不是给孩子起名字。我只听说有的人给孩子起土气点的难听点的名字，说是好养活。但狗总是狗，又不是孩子。

第二位老者有些急，我亲耳听到的，还能错么？不信一会儿老太太回来时你注意听一听。

牵白色宠物狗的老妇人果然不久就转了回来。三个老者都屏住呼吸，注意地听。

但老妇人和她的宠物狗很顺利地走过去了，老妇人没有说话，更没有叫她的宠物狗。三个老者的争论就又继续下去，却谁也无法说服谁。这个牵白色宠物狗的老妇人像谜一样让老者无法理解。

第二天上午，他们的争论才有了答案。

老妇人牵着宠物狗在老者面前走过时说了一句话，三个老者都听得清清楚楚。当时有两只宠物狗一边走一边互相嬉戏，于是老妇人斥责道：三猫四猫，你们能不能不要打闹？你看大猫二猫多稳重！

第二位老者的说法得到了证实。第三位老者点点头，接着就哧地笑了一下，说，这老太太真有意思。

牵白色宠物狗的老妇人仍每天步履蹒跚地走在人行道上，让三位老者多了许多话题。

有一天，老者惊奇地发现，老妇人的宠物狗少了一只。在她的脚边蹦来蹦去的只有三只宠物狗了。

三个老者再一次大惑不解。

这个老太太，谜一样。老者不约而同地说。

生活中有些谜是很有趣的。

老者有一次极偶然地从一位高中生那里听到了关于老妇人的事。我给那位老奶奶读过一封家信，高中生说，她好像有几个亲人在外地，有在佳木斯的，也有在厦门的。

老者期望高中生能说出更多的事情，但高中生也只知道这些。老者不免有些失望。

牵白色宠物狗的老妇人每天都步履蹒跚地在人行道上走过，三只白色宠物狗一蹦一跳地走在她的脚边，像三个调皮的孩子。

一只不会捉老鼠的猫

○汝荣兴

从出生到现在，它还不曾捉过一回老鼠。它是一只不会捉老鼠的猫。

不用说，在猫的世界里，这只不会捉老鼠的猫是很为它的同胞所不屑并不齿的——捉老鼠可是咱们猫类的立身之本，你连这种最通常最起码的本领都没有，你还有什么资格做猫呀？

所有的男猫女猫老猫少猫，还常忍不住要指着它那年轻而又看上去十分威武的背影这样叹息：可惜哇可惜，好端端的一个后生就这么完了！

然而，就是这样一只被大家一致认定"完了"的猫，最近却凭着——它究竟是凭着什么呢？也许是凭着它那属天生的三寸不烂之舌？也许是凭着一纸它在早些时候花钱买来的"捕鼠技术学院"的毕业文凭？也许是凭着……总之是，最近，它居然在将要正式成立的"猫王国捕鼠技术指导委员会"的全国招聘中脱颖而出，成了最终被录取的九只猫中的一员！

这不，此时此刻，猫王正手拿着那份录取名单及有关的档案材料，亲自在给包括它在内的九只猫安排具体的"技术指导"工作呢。

当然，猫王的安排进行得很是顺利。譬如一号录取者，有关材料表明一号是白天捕鼠的高手，那就让一号具体负责白天捕鼠的技术指导吧；再譬如，二号录取者有在野外捕鼠的特长，这样，野外捕鼠的技术指导职位，便无疑是非二号莫属了；又譬如，捉躲进洞里去了的老鼠是三号录取者的绝活，这三号自然也就是这方面最合适的技术指导了；还譬如……

现在轮到安排排名为八号的它了。

在将它的有关材料翻了又翻之后，猫王却不禁犯了难：怎么，它原来是一只不会捉老鼠的猫呀？那它……那它能在"猫王国捕鼠技术指导委员会"中做什么呢？

其实，在得知它被入选该委员会之后，许许多多的男猫女猫老猫少猫便曾议论过这一问题，不少喜欢赌博的猫，还为此打了这样那样的赌。

不过，所有参赌的猫没有一只成为赢家。因为，猫王左考虑右思量后，最终给它安排的具体工作，是做该委员会的主任！

它捉老鼠不会，做主任总行吧！

猫王在做出决定时如是说。

鼓掌练习

○ 沈　宏

"啪啪啪——注意了，要保持鼓掌的节奏!"

"啪啪啪——要使劲鼓掌，让掌声雷动，让整个场面人气旺旺的!"

"啪啪啪——安妮，提起精神来……"

"啪啪啪——林辉，你跟不上节奏。请看，要这样……"

在操场上，皮克老师不停地给学生们讲解鼓掌要领，指挥着学生们进行鼓掌练习。

过几天，学校要举行大型活动——少先队活动中心落成典礼。学校的少先队活动中心新建筑是由市里一家民营企业赞助建造的。一直以来，学校领导非常感激，几次宴请这位民营企业家，却都被委婉谢绝了! 如今这少先队活动中心落成了，市委区委的领导、市区教育局的领导都要出席典礼活动。所以这场面一定要隆重而热烈。当时学校领导班子商量此事时，就有人提出营造场面热烈的气氛，跟全体学生们的鼓掌有关。这掌鼓得响亮不响亮很重要，同时光响亮是不够的，还得有层次感，有节奏感。为此学校规定在校全体学生一定要进行鼓掌练习。由体育老师皮克承担这项训练任务。

"啪啪啪——注意了，要保持鼓掌的节奏!"

"啪啪啪——要使劲鼓掌，让掌声雷动，让整个场面人气旺旺的!"

"啪啪啪——安妮，怎么又走神……"

"啪啪啪——程松松，你的动作不规范。请看，要这样……"

五年级学生安妮又被皮克老师点名了。安妮是这学期刚从美国转来的。她父母是"海归者"，安妮当然是个"小海归"喽！她被安排在这所全市最好的小学。

刚才安妮在练习鼓掌时突然想起在美国读书时参加的一次休业典礼。在那次典礼上，她的同学——双脚残疾的小莫比克以非凡的表现获得了学校的奖励。当校长宣布时，全场掌声雷动。特别是小莫比克上台领奖时，大伙儿给他的掌声一浪高过一浪，真成了掌声的海洋！大伙儿都从心里为小莫比克鼓掌！

"啪啪啪——注意了，要保持鼓掌的节奏！"

"啪啪啪——要使劲鼓掌，让掌声雷动，让整个场面人气旺旺的！"

"啪啪啪——安妮，怎么老走神……"

"啪啪啪——王小冬，这次是你跟不上节奏……"

"老师！"安妮突然举起小手。

皮克老师一愣，问："什么事？"

安妮说："老师，练习鼓掌，练得我的手臂都酸麻了！"

皮克老师说："手臂练酸了，要坚持嘛！"

安妮又说："老师，我不明白为什么鼓掌还要练习呢？不是拍拍手就行了吗？"

安妮说完就用双手随意地拍起来——

"啪啪啪……"

皮克老师目瞪口呆。

巧妙的遗嘱

○林　舟

王老头 78 了，腰弯成了一张弓。

王老头有两儿两女，老伴半年前去世了。儿女已成家立业，日子都凑合着能过。按说，王老头养老送终的事不存在问题。可子女们嫌弃王老头，自从老太太去世后便不再回家看他了。到底嫌弃他什么？邻居们也说不清。

老伴去世后，王老头感觉到自己真的老态龙钟了，老到吃喝拉撒都要有人照看。这天早晨，王老头在厕所里摔了一跤，半天没爬起来，直到居委会李主任敲他家的门，听到里面痛苦的呻吟声才感到事情不妙。李主任急忙打"110"报警，几位穿制服的小伙子赶到，三下两下把门打开后，王老头已奄奄一息。李主任一面叫人火速把王老头送到医院，一面拍着桌子吼："到法院告这些不孝的兔崽子！"王老头出院后，李主任拐弯抹角地劝王老头到法院里讨回孝心。王老头想了很久，觉得是该想点办法了。

王老头拄着拐杖一步三晃气喘吁吁地走到居委会。坐到椅子上呼哧呼哧喘息了片刻，用颤抖的手从怀里拿出一个信封递给李主任。李主任接过信封问："你终于要告那帮兔崽子了？"王老头连忙摇摇头说："李主任，我的大半截身子都入土了，我告他们还有啥用？这是我的遗嘱。我离世的当天，请你打开。上面有我的临终愿望。"说完，也不看李主任诧异的目光，又一步一拐地回家去了。

　　王老头立遗嘱的事在小区沸沸扬扬传开了。有人不解，说遗嘱怎么不交给子女反而交到居委会；有人更是面带讥讽，说人老了鬼点子多，弄个遗嘱来糊弄人……消息很快传到王老头的四个子女那里。四个子女在电话里一合计，猜想老人一定有不少积蓄。常言说，肥水不流外人田。赶明儿四人轮流回家照看老人，一定要打动老人把遗嘱收回来。

　　四人商议好，按月到老人那里轮流服侍。这下老人吃饭洗衣不愁了，上医院不愁了，想吃新鲜鱼肉解馋也不愁了……四个子女的心像刀裁的纸一样齐：不让老人有怨言，用亲情感化老人。最后，让老人把遗嘱从居委会要回来交到他们手里。

　　老人也乐于享受天伦之乐，天天给他们讲故事，讲他们小时候的模样和淘气时的神情；讲自己退休后还走南闯北做生意……每次讲到快结束时，老人总得意地笑。子女们小心地搭着茬儿，心里却纳闷：老人怎么开口闭口不提遗嘱？几个子女明里暗里纷纷问老人百年后有什么要交代的。老人咳嗽两声，说："唉，我现在已给你们添麻烦了，死后，不会给你们再添麻烦。"子女们见老人答走了题，又问："你有没有给儿子女儿们留下些什么？"老人的脸痛苦地抽搐几下，歪着脖子不说话了。子女们怕老人生气——生气了岂不前功尽弃？只好换一种语气，像是在恳求："爸爸，你就没有什么要留给我们作个纪念的？"每当此时，老人就长时间不说话了，好像守着一个巨大的秘密。子女们认为，老人不说话，恰恰是因为在心里算计那份遗嘱该不该收回。他们不相信老人真的会把财产拱手送给别人而不给自家人。

　　几个月后，老人突发脑溢血，没留下一句话就告别了人世。他走得很安详，脸上没有留下任何遗憾。四个子女争先恐后到场后，你看我，我瞅你，急吼吼问老人遗嘱有没有拿回来，又都失望地摇摇头。子女们大呼上当。老大说有急事，回家去了，心里却想：这老东西，把财产给居委会，就让居委会给他办后事好了，甭想从我身上掏半个子儿。其他三人也效仿老大转身逃走。

居委会李主任来了，可家属没有一个在场，只有瞧热闹的街坊邻居。李主任无奈，只得央求邻居花了半天时间，好话说了一箩筐，才重新把老人的四个子女找来。李主任当着四个子女和街坊邻居的面打开遗嘱，高声念起来："我一生没有留下任何财产。我自愿捐献遗体，死后，遗体交市医学院供学生解剖和研究用。"

四个子女先是期待，接着是惊讶，后来都轻轻地松了一口气。他们知道，遗体送到医学院后，就用不着破费给老人办后事了。

老人死后很长时间，邻居们仍在谈他的事。有一位大胡子老头对王老头佩服得五体投地，说："王老头是高人啊！一封遗嘱，两行汉字，就一箭双雕，解决了他养老和送终的两大难题。"

一场火灾的唯一遗憾

○春　子

大火说起来就起来了。

王厂长是在上班的路上发现工厂的方向浓烟滚滚的。他正在疑惑：是不是家具厂失火了？这时，司机的手机响了："快让王厂长接电话！我们造纸厂失火了！"

王厂长这才想起昨晚酒足饭饱后洗桑拿时把手机关了，现在还没有开机……他听了厂办主任的简单汇报后，立即简洁明快地下达了有关指令：

一、迅速通知市电视台、市日报社、市晚报社等新闻媒体前来报道，增加新闻透明度，以免引起各种猜疑，导致小道消息的传播，造成不稳定的社会因素；

二、迅速撰写出有关火灾的前期新闻通稿，重点突出领导重视、组织得力、措施有效等，把握好角度，选择好角度，要注意学会把坏事变成好事；

三、迅速组织人力、物力进行扑火；

四、迅速……

王厂长是迅速冲进失火现场的，或者是冲进摄像机镜头的。车子离火灾现场还有不到两百米时无法前行了。他跳下车，跑步冲向前，一边高喊："是党员的跟我来！"

他的动作后来被电视台的资深摄像评论为："很有新闻感，有张力，表达出了饱满的新闻信息。"市日报社的首席摄影记者也说："这是我报拍摄到的领导现场指挥扑火的最好镜头。新闻摄影是遗憾的艺术，这次，没有遗憾。"

厂办主任感到也没有遗憾。大火虽然烧去了几百万的损失，对于他们这样的小厂来说，几乎是丧失了元气，可是也烧去了他的一块心病：有些说不清道不明的花销再也无法查证。还有，王厂长给他下达的几个"迅速"指示，他落实得十分迅速，深得躺在人民医院病床上的王厂长的赞许："小崔呀，关键时候你冲得上去，不错。对于你下一步的安排，我保证不会让你有遗憾的……"

王厂长是被一根带火的木头砸伤的，不轻不重地砸在肩膀上。被砸伤的王厂长就倒在了火灾现场，电视画面里，报纸的新闻里，这一细节被刻画得十分感人。

所以，各新闻媒体也没有感到遗憾。大火首先夺人眼球，符合新闻价值规律。一个地级市的四平八稳的生活中，突然出现了一场大火，实在是一条很有新闻价值的新闻，可以说，超额完成本月度的任务是没问题了。市广播电台记者的同期声报道因此而获得了当月度的广播好新闻第一名，可以参加本季度的好新闻评奖，并有望参加年度好新闻的评选……

主管工业的李副市长也因这场大火而在市电视台的出镜率上升，且好几次出现在头条新闻里指挥扑火，在现场召开新闻发布会，看望火灾中的伤者……市日报社的头版头题里，他说的话被全文引用："同志们，我们要以这次大火为戒，高度重视，警钟长鸣，举一反三，总结经验，吸取教训，开展一次全市生产安全大检查！"

主管城建的马副市长站在废墟上长长地出了一大口气：好啦，这个根子粗、难缠的钉子户终于可以迁出了，终于可以上那个大项目了！实在是一个大项目啊！他甚至笑出了声，与现场大小领导的满面凝重很不协调。

唯一为这场火灾感到遗憾的是家具厂的张厂长。家具厂与造纸厂一条马路之隔，年年投入十来万的消防经费，年年平安无事，无声无息。张厂长坐在办公室里，翻着有关王厂长扑火的动人事迹的报道，狠狠地骂出了声：

×××！咋也不来场大火?！

小偷洗手

○高海涛

　　小偷把手机和皮包扔出去后，只看到两个小黑点消失在大海上空浓重的雾气里。这时天上下起了大雨，就是瓢泼的那种。

　　为了躲雨，小偷跑上沙滩边一座绿色的小山，连天的绿树里有两间在大雨中飘摇着的小木屋。小偷推开门进了小木屋，顿时，雾雨被遁入了另一个世界。屋内很暗，一道闪电向小屋劈来。就是这道闪电与小偷那双贼眼聚焦在桌上的一只纸盒子里，那是满满一盒子钱，面值小到 1 角大到 10 元。

　　小偷就想拿起钱走进雨中，他知道，为这些钱被雨淋一次，值！

　　就在他一手端钱一手开门时，他发现了通里屋门的玻璃上透出的灯光，灯光的颜色是咸鸭蛋壳那种青，纯净而凉爽。小偷的眼睛渐渐适应了小屋的黑，他看清，这是一个小气象站。里屋传出了一对母女的对话。

　　这是一个非常感人的故事：原来女孩是一个双目失明的女孩。爸爸为了一个漂亮的女人抛弃了她们母女。什么房子，钱，母亲什么都没要，只要了这个双目失明的女儿。她们就在母亲工作的小气象站相依为命。母亲说："他的东西我一概不要，只要他一颗内疚的心！"盲女就喜欢海边，或跑、或坐，她说她能看到浪花和贝壳。后来，盲女就开始画浪花画贝壳。

　　母亲决定暑假期间为女儿在少年宫举办一个主题为"盲女所看到的大海"的画展。画展的费用还差 1000 元就凑齐了，这是女儿在海边作画时，母亲捡拾的浪花送来的易拉罐换来的。

小偷非常感动，把那个纸盒子放回到原处，踅出小木屋。小偷越想越觉得这母女可怜，他就想把刚偷的那个老板的钱分给她们1000元。就在他回身时，他看到了母亲领着女儿出了屋。

雨停了下来，小偷看着女孩背着画夹，慢慢地走到海边，轻松地沿着光影摇曳的海边在白色的浪花上奔跑，她好像长了翅膀，坚定地跑入弥漫开来的薄雾之中。太阳出来了，海面上闪烁出许多的眼睛，女孩的笑声飘进了小偷的耳朵。

小偷看到母亲在沙滩上拾到一个黑东西，是他扔的手机，小偷想出了办法，走上前去。这时，那只手机响了起来。小偷吓了一跳。母亲接了电话，一个既熟悉又陌生的声音，喂了一声就挂了电话。

母亲见小偷东寻西找来到她面前，就说："这是你丢的?"然后就还给了他。

小偷拿出1000元钱给那位母亲，母亲就是不要。小偷没了办法，就说："就算我借给你们办画展的。"

就在母亲愣神小偷怎么知道她要办画展时，小偷已消失了。可手机还在母亲的手里。

没想到画展会轰动，报纸和电视台的记者都来了。一位市里的大画家说："这些画是对大海独特感受的表达。"一些外行的人也来了不少，他们看完后说："贝壳不像贝壳，浪花不像浪花，可有一股很强的冲击力。"

画展进行到最后一天，少年宫辅导员找到盲女的母亲，退还了画展的费用并给了她一张10万元的支票，说："一个老板交了全部费用，并出价10万元买了所有的画!"辅导员又回来了，"对了，老板还给了你一封信。看完后，让我带给他一个回音。"

看完信，母亲又看看自信的女儿，说："好吧!"

不一会儿，那老板含着泪来了，关了展厅的门。母亲把盲女的手放在那个老板的手里说："这是你父亲。"

"女儿，我没脸再见到你了。"

父亲抛弃她们后，那个漂亮女人并没有与他结婚，漂亮女人有丈夫，漂亮女人只是看中了他的钱。

有人敲展厅的门。门一开，是小偷。母亲把手机与那 1000 元钱还给了他。小偷哭了，并跪在了他们面前，双手把手机与钱托到老板面前，"这是我偷你的，你叫警察吧！是你们的故事让我洗手不干的。"

老板扶起小偷："跟我干吧，到我们的公司。"

戴墨镜的书法家

○陈亦权

刘三的字写得实在太差太难看了，差得几乎让每一位老师都无法轻易认出他在作业本上究竟写的什么。

刘三已经被老师批评过无数次了，但丝毫不起作用，似乎他的手天生就与写字无缘。那天放学前，他因为作业本上的字太糊涂而被班主任胡老师罚抄五遍课文。

第二天一早，刘三走进胡老师的办公室，但胡老师不在，里面坐着一位戴墨镜的中年男子。

"老师您早，请问胡老师什么时候来？"刘三怯怯地问。在学校，他把任何一位不相识的人都称为老师。

"胡老师？她去食堂了，有什么事吗？"那位戴墨镜的中年男人说。

"她罚我抄的课文我抄好了，想交给她。"刘三再次怯怯地说。

"罚你抄课文？为什么？"那位中年男子问。

"因为我的字写得太差了，所以胡老师罚我。"刘三说。

"能让我看看你写的字吗？"中年男子边说边把手伸了过来。

刘三把作业本递到他手上，他仔细地看了之后，惊诧地说："不！这字不差，反而很有自己的特点！来，你过来。"

"不差？有特点？"刘三惊喜地走到中年男子的身边，那人接着说："你看，你的撇和捺都非常稳，还有你的钩也非常有劲。这些都是你自己

214

的特点，很耐品！你写的字非常有重心，结实。不过，有一个不足的地方。"

"哪儿不足？"刘三急切地问。

"就是你没有用心！你在抄写文章的时候只想着把课文抄完，而不是想着把字写好。"中年男子认真地说，"我说得对吗？"

刘三觉得他说得确实对，他开心极了，原来他的字写得并不差，而且很有自己的特点！在这一刻，他深信只要再用心一点，他的字一定会写得更漂亮。在离开办公室之前，刘三问那位中年男子："请问，您也是老师吗？"

"不，我是一位书法家。"戴墨镜的中年男子回答说。

刘三简直无法相信，他的字竟然得到了一位书法家的表扬和赞赏！刹那间，刘三觉得自己完全可以写出更好的字来，于是他决定把本子拿回去重新抄！那天，他放弃了所有的课外活动时间，终于在放学前完成了这次罚抄的作业。而且刘三在抄的时候，总是想起那位书法家的点评，他认认真真地写着每一个字，发现自己可以把撇和捺写得更好，可以把钩写得更有力，把字的重心写得更稳……

当刘三把重抄的本子交给胡老师时，她竟然有些惊诧地问："这些是你自己写的吗？我早就说过，你不是写不好字，而是你不认真写。"口气中带着几丝宽慰。

从那以后，刘三在写字的时候总会多想想该怎样把字写得更好。渐渐地，他再也不怕写字了，胡老师也不再罚他抄写课文了。刘三的学习兴趣也因为爱上写字而变得更浓，特别是写作！一年后，刘三的作文被胡老师当做优秀作文贴在了班级学习园地上，他兴奋极了，那是他曾经想也不敢想的事情！

30 年后，刘三成了一位非常有名的作家和书法家，于是对当初那位戴墨镜的书法家产生了几分特别的感激之情。确实，如果不是他伯乐识马，刘三哪会有足以改写一生的信心?

刘三隐隐觉得那位书法家应该与胡老师相识,要找到那位书法家就必须找到胡老师。有一年,刘三回老家探亲,几经周折终于来到胡老师家,胡老师和她的老伴坐在客厅里陪他聊天。她的老伴,一个七十多岁的老人,在家里而且还是在招待客人的时候,竟然还戴着一副墨镜,这让人很难理解,但正因这样,他对这位老人多留意了几分。刘三蓦然间觉得眼前这位戴墨镜的老人似曾相识:"您就是 30 年前我在胡老师办公室里见过的那位书法家?您还记得我吗?"

"我老伴哪是什么书法家啊,他是一位先天性的盲人,所以他走到哪儿都爱戴一副墨镜,真是失礼了……"胡老师笑着说。

刘三终于明白,原来他在 30 年前得到的那些表扬和赞赏全是假的,而正是那些表扬和赞赏,为他扬起了心底的希望之帆!

崔县长的特异功能

○万斌生

最近，从县政府大院传出了一条惊人的消息：崔县长有特异功能！

这个消息，首先是县金商宾馆的一位女服务员传给了她的丈夫；她的丈夫在大院给一位领导开车，又传给了其他司机；交际广泛的司机们口耳相传，很快便使这条消息在县城传得沸沸扬扬，几乎尽人皆知。

"崔县长有特异功能！"这条消息要是在前些年，说不定人人都信了，因为那个时候大家都相信耳朵能识字、气功能移物、练好气功能穿过墙壁、能看见埋藏在地底下的东西，等等。可是现在就不行了，虽然大家都知道气功能治疗一些疾病，可是练了气功会有超凡的本领已很少有人相信。因此只有极少数人相信崔县长有特异功能的传闻，绝大多数人打死也不肯信。

有几位好事者想弄清楚原委，便请那位服务员的丈夫在饭店撮了一顿，要他去跟老婆问清楚，为什么说崔县长有特异功能？究竟崔县长有什么特异功能？那位司机几杯酒下肚，拍着胸脯说："没问题，小事一桩！"

果然，司机很快就让他的老婆"竹筒倒豆子"，讲了个一清二楚。原来，县政府接连在金商宾馆开了几次会，都是由这位服务员负责给主席台倒开水。几次会上，崔县长都是主要报告人，都作了重要讲话。崔县长的面前摆了一个自备的保温茶杯，服务员给他倒上了开水。也许是崔县长讲话太多而口干，只见他经常端起杯子喝水。这位服务员见了，便走过去给他续水。奇怪的是，她走到崔县长旁边，打开保温茶杯的盖子，却看见茶杯里的水满满的。一次如此，两次还是如此，三次依然如此。这位服务员百思不得其解：难道崔县长的茶杯是会自动添水的宝贝吗？

这位服务员长了个心眼儿。在一次开小会的时候，崔县长忘了带保温茶杯，服务员便拿了一个普普通通的陶瓷茶杯给崔县长用，放上茶叶，倒了开水。结果是：崔县长滔滔不绝地讲话，频频地喝水，可是服务员给他添开水时，崔县长面前的陶瓷茶杯却还是满满的。

这位服务员更奇怪了。总算又抓住了一个崔县长没有带保温茶杯的机会，这次便拿了一只一次性的纸质茶杯给崔县长用，放上茶叶，倒了开水。结果是：只要崔县长讲话，他面前茶杯里的水便永远不见少。

于是，这位服务员断定：不是崔县长的保温茶杯特殊，而是崔县长有特异功能。

司机把老婆的"发现"和她几次"测验"的结果，一五一十地告诉了请他吃饭的哥们儿，那些人依然不信，头摇得像个拨浪鼓。他们商量了一下，决定去找崔县长的秘书小贾。

小贾听了司机们关于"崔县长是否有特异功能"的询问，格格格地笑了起来，腰都笑弯了，眼泪都快笑出来了。司机们被她笑得丈二和尚摸不着头脑，纷纷催她：有话快讲，笑什么笑！小贾说："要我讲可以，你们请客。"

在全县最豪华的饭店雅座里，贾秘书终于抖出谜底：她从公文包里取出几张纸，是另外一位男秘书为崔县长起草的讲话稿，上面还有崔县长的亲笔批改。贾小姐拿过一个高脚玻璃杯放在面前，双手拿过崔县长的讲话稿，对准玻璃杯拧了几拧，只见"哗哗"的水从稿纸里冒了出来，很快就把高脚玻璃杯装得满满当当。

英　雄

○吴永胜

在这边荒小镇，我给镇西的胡三媳妇儿接过生，也给镇北的莫大烟袋剖过腹，取肚里的瘤子。我是这里唯一的郎中。

打进入小镇，日子便开始像长途跋涉的驼队傍晚时分进镇时一样，踢踢踏踏，懒懒散散的。从前我不喜欢这样子，但我现在喜欢上啦。懒懒散散很好啊，自在舒适，平静得很。到眼也花了背也驼了，我才咂摸出平静是福的理儿。

不是夸口，小镇的七八百口人，谁没喝过我抓的汤药？这七八百口人，都是我的衣食父母呢。但老实说，有个人，我不怎么喜欢。那人是镇西烧酒铺子里的来喜，20 岁了吧，白净瘦弱，像根豆芽菜似的。第一次到我铺里，是一路呻吟着来的。我以为他病得多严重，结果不过是额头上有个鸡蛋大小的青包。这点儿外伤，不用管它，一两天便会好。可他高低不依，一定要我上药，好像只要上了药，立刻便能痊愈。那么好吧，我便给他抹药酒，他却一个劲呻吟，那惨痛样子，足以让人觉得我正在摘他的脾脏。"怕疼？那还打架？""哪儿打架了啊。不瞒你，长这么大，我都怕打架，我怕疼。哎哟，是摔的嘛。"他龇牙咧嘴申辩。当时我就哑然失笑，心说这么个人，真枉是个男人，唉！但万万想不到，就这个来喜，让我再也无法过平静的日子了。

那一天是正午吧，我正坐在柜台后，微眯着眼睛打瞌睡，一些细细的尘末，从屋梁上落下来，落到我脸上。最先我并没怎么在意，但当更多的尘末落到我脸上时，我的心跳得突然快了。我屏住气，街面上，除了一只鸡的格格声，没有任何声息。我知道，要不了多久，便会有事发生。

不多一会儿，镇外响起沉闷的鼓声。是的，像极了棒槌敲打牛皮鼓的声音。随着鼓声渐渐激越起来，屋梁上的尘末，簌簌直往下掉。不多一会儿，那鼓声便直敲在耳膜上，翻天覆地般，屋里已是尘灰弥漫，屋架也嘎吱作响。这是马队，少说也有两千只钉着厚蹄铁的马蹄践踏出的声音。刚才还寂静的小镇，一下子人声鼎沸，夹杂着鸡鸣狗吠。紧接着马蹄声响进了镇里，在街面上散开，传向四面八方。

我的药铺里，闯进三个人，三个人都提着明晃晃的刀。头里那斜着眼的人，手里刀一挥，嚓的一声，便将我的案桌削掉一个角，恶狠狠地冲我吼："老家伙，到镇西坝子去！"

从铺里出来，我看到镇里的居民，被这舞着刀片子的人，赶牲口一样撵向镇西坝子。那个来喜，就夹在队伍中间，一张脸一块青一块白，两条腿哆嗦不止。

到了坝子，整镇的人都被骑着马晃着刀的人围住了。那帮人里，有个面色阴沉的人，正捧着旱烟袋，微闭着眼吞云吐雾。等一袋烟完了，在靴底磕掉了烟灰，将烟袋插进腰里了，才慢吞吞说："谁杀了半天云？"

人群中立刻响起嗡嗡声。这边荒地方，一直有伙凶悍的马贼，连官兵都不敢招惹。叫半天云的，就是这伙马贼的二当家。那人眯细了眼睛，死盯着嘤嘤嗡嗡的人群，突地一摆头。两个持刀的马贼，从人群中拉出一个人来，刀光闪过，一颗头颅便带着激喷的血，直冲向灰蒙蒙的天空。"谁杀了半天云？"那人仍旧用慢吞吞的语气问。

看着那跌落下地的头颅，和那僵硬倒下的躯体，被围着的人，突然像被捏住了脖子般，没了声息。马贼又到人群中捞人时，我听到一个颤抖的声音，"是我。"是来喜的声音。"出来。"那人冷声道。

人群哗地分向两边，让出条道来。我看到来喜的脸死一般苍白，几乎是拖着脚步，僵硬地往前走。每走一步，那脚印儿便现出星点湿痕。

　　那人微一挑眉："你杀了半天云？说说看，你怎么杀的半天云？"

　　来喜抬头，茫然地盯着那人，张圆了嘴，喉咙里挤出干涩的咕噜声，却说不出一个字来。他颤抖得更厉害，瘦弱的身子筛糠似的，脚下的湿痕愈来愈大。

　　"好，你想死，我成全你吧！"那人一声吼，一道刀光，迅疾砍向来喜的脖子。来喜缩着脖子，两条瘦瘦的胳膊，向着面前无助地捞了把，似乎想抓住个什么稳住身子，但跟着还是软软地瘫在了地上。只是他的头颅还完好地长在他脖子上，因为那刀，已在我的手里。

　　那人眼睛突然瞪大，跟着又眯了下去，已没有了刚才那刺人的光焰。"你是谁？""这正是我杀半天云的原因。我本是叱咤江湖的刀客，十年前，我在江南杀了个顶有名的人，这人的亲信家人，有能力让我死上十次。我逃到这边荒的塞外，喜欢上平静的日子了。但那半天云，居然是江南人，居然认出了我……"

　　那人愣怔了一下，跟着猛一勒马缰，"走！"那些马贼跟在他身后，一阵风似的远了……

　　"你不怕死？"我问已是我徒弟的来喜。他嘿嘿一笑，脸红得像面旗子。"咋不怕啊，我都尿裤子了。""那你还出头？""我也不知道为啥，自己好像不是自己了，就走了出去。""那以后再遇到这样的事，你还会如此吗？"

　　来喜皱着眉头，好久才困难地说："我不知道……"

杀 手

○严晓歌

常爷做杀手，是乡人无论如何也想不到的。

常爷是瞎子。常爷年轻时害下一场大病，家中无钱医治，落下了双目失明的后遗症。

常爷要杀的人是杨啸林。

杨啸林早年为匪，劫财杀人，欺男霸女，横行无忌，乡人闻之色变。

要杀杨啸林不容易，杨啸林为匪心虚，他怕遭人暗算，常常枪不离手手不离枪，浑身上下每个毛孔都变成警惕的眼睛。杨啸林平时走路从不走别人前面，怕身后遭人袭击。

可这次杨啸林偏偏栽在常爷手里。

一天中午，阳光明晃晃地照得人眼花，杨啸林正坐在堂屋的八仙桌旁擦拭撸子，忽听紧闭的院门外传来一声门环响。杨啸林惊觉地把枪口指向院门，问："谁？""我。"随着门外的应答，院门被推开，走进来常爷。

看见是常爷，杨啸林紧绷的神经舒缓下来，但枪口仍指着常爷。

常爷径直走过院子，跨进堂屋门槛，走到杨啸林面前。

别看常爷双目看不见路，但乡下的院落大致一样，都是堂屋对着院门，八仙桌靠在堂屋北墙正中间。常爷走熟了自家的门，杨啸林家的门和他家一样，他也像走进自家门一样。

杨啸林问："常叔，有什么事吗？"

常爷年轻时和杨啸林的爹是把兄弟。

常爷说："我给你送一样东西。"

"什么东西？"

"枪。"

杨啸林一惊，说："枪？什么枪？"

"盒子炮，德国二十响。"常爷慢慢地从长袍的衣襟里掏出一个布包，递给杨啸林。

杨啸林疑惑地接过布包，打开布包。里面果然有一支盒子炮，枪管在午时的阳光下闪闪发亮。

杨啸林问："常叔，你从哪里弄来的？"

常爷说："前几天我去安徽淮安城看我老姐，我老姐的大小子是国军的旅长，他刚好在家，说兵荒马乱的，送我一把盒子炮防身。我想我一个瞎子防什么身，表侄你喜好玩枪，就给你送来了。"

杨啸林说："那我谢谢常叔了。"

杨啸林顺手把撸子放在桌上，他拿着盒子炮痴恋地把玩。

常爷伸手拿起杨啸林放下的撸子。杨啸林忙把盒子炮对准常爷，说："你干什么？"

常爷说："你这是什么破枪。"说着话，三下两下竟把撸子拆卸得零零碎碎，然后把零碎的枪件扔在桌子上。

杨啸林舒了一口气，惊讶地说："常叔，你怎么还有这一手儿？"

常爷说："我年青时闯关东，玩过撸子。"看着一桌零碎的枪件，杨啸林完全松懈了对常爷的戒心，他埋头专注地又把玩起盒子炮来。

"杨啸林，你的死期到了。"杨啸林猛听耳边一声断喝，抬起头，他看见常爷手中攥着撸子正指着他的脑袋。一桌零碎的枪件什么时候又变成了一把完整的撸子，杨啸林浑然不知。

杨啸林浑身汗如泉涌。

杨啸林猛地把盒子炮指向常爷。

常爷说："杨啸林，盒子炮我是不会给你装子弹的。"

杨啸林像一堆烂泥一样瘫坐在椅子上，他丢了盒子炮，绝望地说："常瞎子，想不到我一个明眼人却栽到了你手里。"常爷笑着说："杨啸林，你眼明心黑，我虽眼瞎却心明。"

常爷一声枪响，杨啸林像一条癞皮狗一样倒在地上。

以后常爷又和平常一样，谁也看不出他曾经做过杀手。

望着雪山跳舞

○ 褚雪峰

央吉原籍拉萨，从小在内地长大，23岁才第一次回拉萨。

回拉萨不久，央吉就感到自己和父亲似乎已有了隔阂。央吉有一个男朋友，是在内地谈的，且不是藏族。这让央吉的父亲很不满意。因为父亲一直都想让央吉找一个本民族的男朋友。这次央吉一回来，父亲就直截了当地表达了对她在恋爱方面的反对，但央吉却不为所动。父亲很生气，央吉也感觉自己很委屈。

央吉和男朋友早就商量好了，只要等她在拉萨探完亲回到内地，俩人就马上结婚。虽然因工作原因，男朋友这次不能陪她来拉萨，但一想到不久就要举行的婚礼，央吉的心中就充满了幸福。

父亲有一个远房亲戚叫俊美，他常常来找央吉。俊美比央吉大两岁，父母早亡，一直都是一个人生活，幸好有央吉家接济，才读完大学，并在拉萨找到了一份工作。父亲在央吉刚满18岁的时候对她说，已给她找了一个男朋友，这个人就是俊美。虽然央吉一直都没有同意，父亲却早就将俊美认同为自己的未来女婿。为了等央吉，俊美也一直没有结婚，甚至连女朋友都还没有谈过。

俊美常来找央吉，这让央吉感到很为难。她也曾多次委婉地对俊美表达了自己的想法。但俊美却仿佛并不在意，来找她的次数反而更多了。

央吉觉得很烦。一天，她对父亲说，自己想一个人出去走走。父亲问她想到哪里去？她说自己想一个人到附近的山上走一走，散散心。父亲说，山上？不行，你一个人去不行，要去必须要有一个人陪你去。央吉不答应，父亲更不让步。无奈，央吉只有让父亲找了一个人陪着她去。那人自然就是俊美。

那天，央吉和俊美很早就整好装束出发了。出发时央吉给在内地的男朋友打了一个电话，说自己要去爬雪山。男朋友叮嘱她要小心，还充满柔情地叫她早点回去。央吉打电话时，俊美一直待在旁边，一言不发。

没多久就到了山下。央吉抬头看着山顶，感觉心中豁然开朗。西藏的山，雄伟壮丽，任何人走进它，心灵都会变得纯净无比。一接近雪山，央吉就觉得自己好开心好开心。她迅速朝山上跑去，俊美一直跟在她的身后，默默地守护着她。

不一会儿到了半山腰，却飘起了雪花。西藏的天气多变，常常是一会儿晴一会儿下雨下雪。没多久，雪越下越大，抬眼望去，整个山都是白茫茫一片。央吉感到自己好兴奋，风冷冷地吹着脸庞也不觉得冷。

突然，央吉眼前竟呈现出一道奇观：向上一百多米，有一片雪域竟是红色的！红雪！央吉从小在内地长大，一直认为雪是白的，但现在看见了红色的雪！央吉感到无比惊奇，她急急向山上跑去，想亲手摸摸红色的雪。

俊美开口大声喊：央吉，别上去，上面危险！央吉没听到，还是往上面跑。

眼看离红雪越来越近，央吉心中更是兴奋，眼中都充满了红色。就在她快接近那一片红雪时，雪地上却突然站起了一个身影！

那是一只熊！央吉的心中倏然升起一阵恐惧。熊的一只巨掌也快速地向她扇了过来！央吉近乎绝望了！

正在紧要关头，一个人影闪了过来，挡在了央吉的前面。是俊美。熊掌重重地打在俊美的腿上，央吉看到，俊美手中的刀也忽地向前挥了出去，插进了熊的胸膛！

一个月后，俊美从医院出来了，他只剩下了一条腿。央吉很感谢他，对他说，她要在拉萨找工作，照顾他一辈子。

央吉给内地的男朋友打电话说了自己的想法，并问男朋友是不是也能来拉萨和她一起创业。男朋友开始时默默无语，后来央吉再打电话，就不接了。

央吉明白，男朋友在内地有一份好工作，如果他一来拉萨，不仅什么都要从头开始，还要和她照顾一个已什么都干不了的废人，他肯定是不情愿的。

后来，央吉也就放弃了那些想法，自己在拉萨找了一份工作。空闲时，她会用轮椅推着俊美到拉萨的郊外，看看附近的雪山。央吉经常看到山上又有红雪。央吉后来知道，红雪不过是雪下在一种红色的低矮灌木上时，所呈现出来的一种自然现象。但每当看到红雪，她还会很激动，就会和轮椅上的俊美一起，跳起藏民族特有的舞蹈来。虽然俊美不能下地，但轮椅也能奏出和谐的节奏，让央吉感到那些红雪真的是好美好美。

要是你按我的话做……

○蔡　澜

"系安全带!"一上车,女人就命令。

驾了那么多年车,男人怎么不会做这件事?但还是客气地说:"呀,差点忘了。"

出了门,男人向左转。

"转右!"女人又命令。

"昨天这个时候那条路塞车。"男人解释,"今天不如换一条路走吧。"

太太显然对这个自作主张的"部下"不满,但不出声,心中想:"嘿嘿,要是另一条路也塞车,就要你好看!"

真有那么巧,其他人也转道,变成一条长龙。

"转头!昨天塞车,并不代表今天也塞车呀!"女人说,"要是你按我的话做,不是就没事了吗?"

"是,老婆大人。"男人乖乖地依着女人指定的方向走去。

当然,又是一条长龙,高峰时间,哪有不塞车的道理?但是女人说:"这条龙比刚才那条短得多!"

"你看得出哪一条龙长,哪一条龙短?这可出奇了。"男人想讲,但忍了下来。

忽然迎面来了几辆车,喇叭声大作,男人即刻把车子闪到一边,勉强避开迎面驶来的车,捏了一把冷汗。

打躬作揖地要求排长龙的司机让一让，想将车子开回长龙里，但是他们不买账，一车跟一车，贴得紧紧的，不肯腾出一点空间。

"冲呀！"女人斩钉截铁地命令。

男人即刻照做。

这次，迎面来的是一辆运货的大卡车，"砰"的一声巨响，撞个正着，奔驰的车头已扁，冒出浓烟。

女人的第一个反应不是看丈夫有没有受伤，她尖叫："要是你按我的话做，不是没事吗？"

货车中跳出两名彪形大汉，直往车子走来，男人心中叫苦："完了，这次完了！"

骑白色摩托车的交警及时赶到，男人好像遇到救星，跳出车子，紧紧地把他抱住。

交警安慰他："别怕，有我在，那两个男人不会打你的。"

"我不是怕那两个大汉！"

男的已经歇斯底里："我怕的是坐在车里的那个女人！"

男的落荒而逃。

"喂！"交警在他身后大叫，"你的奔驰车不要了吗？"

"车子！老婆！"男的边逃边喊，"都送给你！"

交警欲跳上摩托车追，但被其他车辆阻着。男的跑了几条街，抬头一看，是前任女友住的地方。

男人直奔进女友的怀抱："快点收拾行李，我自由了，我们马上乘国泰航空公司的飞机到欧洲去旅行！"

女的大喜，抱着他吻了又吻。正当男的觉得一生幸福由此开始时，女的说："不如坐维珍航空吧。"

"为什么？我坐惯国泰的。"男的说。

女的回答："按我的话做，没事。"

咦？这句话在什么地方听过？男人起了鸡皮疙瘩，大喊："不，不!"

冲出门，男人再跑几条街，跑回母亲家里，直奔母亲的怀抱："我再也受不了所有的女人。"

世上只有妈妈好。妈妈抱着哭泣的儿子，摸摸他的头："我老早就说那个女人不适合你的。要是你按我的话做，不是没事吗?"